RFM：Rye Field Mercury is My Favorite Story

麥田水星❸

# 夏之門

# The Door into Summer

## by Robert A. Heinlein

作者：海萊因

譯者：吳鴻

麥 田 出 版

麥田水星003

# 夏之門

作者——海萊因
譯者——吳鴻
設計——王志弘
責任編輯——蔡雅琪
主編——蕭秀琴
發行人——涂玉雲
出版——麥田出版
台北市信義路二段213號11樓
電話：(02) 2351-7776 傳眞：(02) 2351-9179
發行——城邦文化事業股份有限公司
台北市愛國東路100號1樓
電話：(02) 2396-5698 傳眞：(02) 2357-0954
網址：www.cite.com.tw Email: service@cite.com.tw
郵撥帳號——18966004
城邦文化事業股份有限公司
香港發行所——城邦 (香港) 出版集團有限公司
香港北角英皇道310號雲華大廈4/F, 504室
電話：(852) 2508-6231 傳眞：(852) 2578-9337
馬新發行所——城邦 (馬新) 出版集團
Cite (M) Sdn. Bhd. (458372U)
11, Jalan 30D / 146, Desa Tasik, Sungai Besi,
57000 Kuala Lumpur, Malaysia.
電話：(603) 9056-3833 傳眞：(603) 9056-2833
印刷：凌晨企業有限公司
初版一刷：2003年05月
售價：280元
ISBN 986-7782-94-1

# 《夏之門》導讀

科幻小說是一種標準的類型文學，卻和其他類型小說有一點很大的不同。因爲科幻情節本身便是一種預測，若干時日之後，無論預言成眞或是成假，「科幻性」都會大打折扣，逐漸變得不太像科幻小說。然而眞正經典的科幻作品，卻能像古典音樂一樣愈陳愈香；即使所預言的未來已經成爲我們的過去，卻仍舊能讓許多人愛不釋手。

海萊因於一九五六年創作的《夏之門》，便是這樣的一部經典科幻作品。本書所投射的兩個未來時代——西元一九七〇年與二〇〇〇／二〇〇一年——在眞實世界中都已經是歷史陳跡，倘若一一檢驗書中的設想，會發現過分保守與樂觀的預測皆在所難免。例如作者並未預見積體電路（晶片）與個人電腦，卻認爲一九七〇年就會發明人工冬眠，二〇〇一年就會出現時光旅行。可是請別忘了，科幻小說並非科學論文或工程藍圖，這些揁龜的細節其實都無傷大雅。身爲廿一世紀的讀者，我們依然能從這本書裡挖掘出無限的趣味。

例如全書並沒有複雜的故事架構或人物關係，卻由於前後出現三次時光旅行，使得情節變得極其豐富。更有趣的是，三次時光旅行並非如出一轍，而是包括「人工冬眠」與「時光機」兩種方式——前者是近未來的科技預測，後者則是較狂野的科幻想像。藉著這兩種時光旅行，本書主人翁在一九七〇年與二〇〇〇／二〇〇一年之間來回遊走，留下一條引人入勝的生命軌跡。為了討論方便起見，且讓我們先畫出這條曲折的「生命線」：

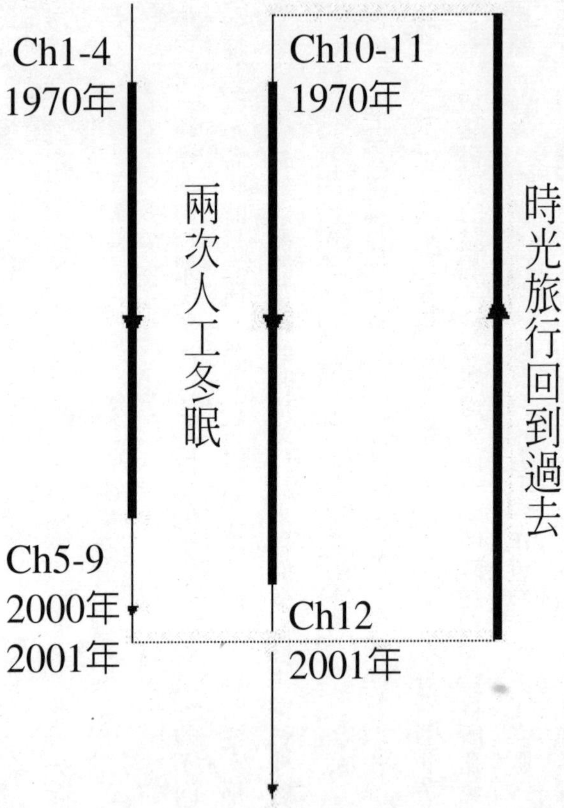

根據這條生命線，全書可劃分成四大部分。第一部分是一至四章，講述男主角遭到最親密的夥伴設計，心灰意冷之餘，決定藉著人工冬眠越過三十年歲月，等醒來後再進行「甜蜜的復仇」。不料人算不如天算，雖然他終究進入冬眠狀態，過程卻並非出於自願。第二部分是五至九章，男主角一覺醒來，時間已經是廿世紀末。面對一個完全陌生的未來社會，他一開始當然格格不入，後來卻總算漸入佳境。可是，種種跡象顯示他絕不能安於現狀，因爲他注定得完成幾項任務，而期限竟然是一九七〇年！

二〇〇一年五月，他終於找到時光旅行的方法，順利回到三十年前。故事進行到這裡，可說已經是最高潮。然而全書並未就此結束，海萊因還要讓讀者細細咀嚼高潮後的餘波。因此第三部份（第十章與十一章）描寫男主角成功回到過去，開始逐步執行那些「命中注定」的任務；第四部分（最後一章）則是任務完成後，男主角再度藉由人工冬眠回到二〇〇一年，接收「一波三折」之後的圓滿成果。

必須強調的是，爲了避免破壞讀者諸君的閱讀樂趣，在此刻意用輕描淡寫的筆調、儘可能簡單地介紹本書的架構。其實這部小說既生動又精采，隨便一兩段都有許多値得品味之處。例如全書的開場白，是用充滿象徵性的筆法來描述男主角的住處：「那地方有十一扇通往外面的門。如果（貓咪）彼得的門也算，那就有十二扇……牠有個不變的信念，其中至少有一扇門必然通往溫暖的夏天。」而本書總共十二章，想必就是刻意暗合那十二扇門。

科幻小說雖然不是純文學，但是在海萊因筆下，卻經常出現富含文藝與哲思的佳句。呼應第一頁的開場白，本書最後一頁寫著：「你只要試過所有的門，其中一扇必然是夏之門。」至此，這個書名的意像總算豁然開朗——未來好比一扇扇的門，不同的門代表不同的命運；小至個人，大至全世界皆是如此。作者所要傳達的樂觀信念，是必定有一扇門通往陽光普照的光明未來，只要鍥而不捨不斷嘗試，終有打開這扇門的一天。

海萊因享有「科幻先生」的不二頭銜，並公認與艾西莫夫、克拉克同爲廿世紀三大科幻小說家，這類殊榮得來絕非僥倖。除了文字功力不輸正統文學，他的洞察力更有過人之處。科幻小說大致可分爲軟、硬兩大類型，海萊因卻總是軟硬兼顧，讓科技與人性在故事裡不斷互動，從來不曾顧此失彼。例如在本書中，我們不但看到他對科技趨勢見解不凡，更能發現他對商業文化及資本主義瞭若指掌。因此之故，無論敘述哪個層面，他下筆總是入木三分，將細節描繪得栩栩如生，令讀者忍不住信以爲眞。

其實就本書而言，還不只是信以爲眞而已。回顧過去半個世紀的科技發展，本書所預測的「自動化」大趨勢便十分正確。隨便舉個例子，吸塵機器人已經是現實世界中的量產商品，而在美、日這些機器人大國，其他類型的「幫傭」也開始一步步走出實驗室。因此我們有理由相信，只要再過十幾二十年，「關鍵報告」那部電影中的未來社會便能提前實現（電影的設定是西元二○五四年）。

由於篇幅的關係，在此無法詳細討論作者的生平以及其他著作。讀者諸君倘若有興趣，可以參考文末幾個相當權威的網站。最後值得一提的是，在此之前台灣書市只有兩本正式授權的海萊因作品，兩者皆出自專業譯者吳鴻的優美譯筆，如今第三本書的翻譯，當然也不作第二人想。

葉李華（交大科幻研究中心主持人、倪匡科幻獎總策劃）

**相關網站**

http://www.wegrokit.com/
http://www.rvt.com/~lucas/heinlein/faq.html
http://www.cs.colorado.edu/~main/heinlein.html
http://www.geocities.com/Area51/Dimension/3499/
http://alumni.ice.ntnu.edu.tw/~danny/sfbook/

# 夏之門

# The Door into Summer

The Door into Summer

The Door into Summer The Door into Summer

The Door into Summer

The Door into Summer

The Door into Summer

The Door into Summer

The Door into Summer

The Door into Summer

The Door into Summer

The Door into Summer

# 一

四旬戰爭不久前的有一年冬天，我和我的雄貓彼得羅涅斯住在康乃迪克州一棟老舊的農舍裡。我不知道那房子現在還在不在，因爲當地靠近曼哈頓轟炸區的邊緣，而那種老式木造房子燒起來就像衛生紙一樣易燃。即使房子還沒有倒，因爲輻射落塵的關係，也不値得租，但彼得和我當時卻很喜歡它。那房子的管線欠佳，因此租金便宜，而且從前當成飯廳的地方有良好的北面採光，很適合我的製圖工作。

但缺點是，那地方有十一扇通往外面的門。

如果連彼得的門也算，那就有十二扇。我總是想辦法爲彼得準備一個牠自己的門，而那棟屋子有個沒有用到的臥室，我在窗上裝了塊木板，劈開一個貓洞，寬度剛好可以讓彼得通過，不會碰到牠的貓鬚。我這輩子已經花了太多時間幫貓開門。我曾經算過，自從人類文明初現，九萬七千八百年的人類時間就是這麼用掉的。我可以算給你看。

彼得通常會走牠自己的門，不過有時候牠也可能逼我幫牠開一扇給人走的門，而牠比較喜歡這樣。可是，地上有雪的時候，牠就怎麼也不肯用牠自己的門。

在彼得還是毛茸茸的小貓時，牠就已經訂出一個簡單的哲學。住宿、糧食和天氣歸我管，其他一切則都歸牠管。但牠認爲我尤其要把天氣管好。康乃迪克州的冬天只適合用在耶誕賀卡上，冬天時，彼得會不時去看牠自己的門，卻怎麼也不肯出去，因爲外面有討厭的白色東西（牠可不會上當），然後硬是纏著我去開一扇人走的門。

彼得有個不變的信念：這些門當中至少有一扇門必然通往溫暖的夏天。也就是說，每次我都得陪牠走遍十一扇門，把每一扇門打開給牠看一看，讓牠相信從這裡出去也是冬天，然後去開下一扇門，而每一次的失望，都讓牠對於我管理不善的批評越來越嚴厲。

然後，牠會留在室內，直到體內的液壓脹得受不了，迫使牠不得不去外面。等到牠回來的時候，牠腳上的冰會在木頭地板上發出輕碎聲，而怒目瞪著我，不懷友善，直到牠氣消爲止……牠會原諒我，而下次呢，同樣的事又會重演。

但牠從未放棄對夏之門的追尋。

一九七〇年十二月三日那天，我也在尋找夏之門。

我的追尋差不多就像彼得在康乃迪克州的一月天那樣毫無希望。南加州很少下雪，而那麼一點雪也只留在山上給滑雪愛好者享用，不會落在洛杉磯的市中心，反正，那雪大概也穿不過煙霧層。但寒冬的天氣就在我心裡。

我的健康狀況不錯（除了累積的宿醉之外），還差幾天才滿三十歲，而且離身無分文的地步遠得很。沒有警察在找我，也沒有誰的丈夫要砍我，更沒有法院會送傳票給我，就算有什麼問題，也都不是什麼大不了的事，沒什麼好計較的。可是我心裡是寒冷的冬天，我正在尋找夏之門。

要是我的語氣聽起來像個嚴重自憐的人，那你就說對了。在這個行星上，一定至少有二十億人比我的狀況更糟。然而，我正在尋找夏之門。

我最近去找的門，大多是彈簧門，就像這時在我面前的那兩扇——「無憂燒烤酒吧」的門。我走進去，挑了個中間後方的雅座，把身上揹的過夜包輕輕放到座位上，然後坐在旁等著服務生過來。

過夜包中發出聲音說：「喵？」

我說：「別著急，彼得。」

「喵要尿尿！」

「胡鬧，你剛剛才去過。安靜，服務生過來了。」

彼得閉上嘴。等服務生走到我們桌旁，我抬起頭，對他說：「雙倍蘇格蘭威士忌，一杯白開水，再來一瓶薑汁汽水。」

服務生一臉苦惱的表情。「薑汁汽水是嗎？配蘇格蘭威士忌嗎？」

「你們到底是有，還是沒有？」

「唔，當然有。可是……」

「那就去拿。我並不打算喝，只是想嘲弄它罷了。還有，再拿個小碟子過來。」

「沒問題，先生。」他把桌面擦得發亮。「先生，要不要烤個小牛排？要不然，今天的海扇貝也很新鮮。」

「聽著，老兄，我會給你海扇貝的小費，不過請你別端上來。我只要剛才叫的東西……還有，別忘了拿小碟子。」

他閉上嘴，走開了。我再次告訴彼得別著急，再等一下就好了。服務生回來了，把薑汁汽水放在小碟子上拿著，也不再那麼傲慢了。我讓他打開汽水瓶，自己則把蘇格蘭威士忌加水調在一起。「先生，你要多拿一個杯子喝薑汁汽水嗎？」

「我是個真正的牛仔，我直接用瓶子喝。」

他閉上嘴，讓我付錢給他，並給他小費，他沒有忘記要海扇貝的小費。等他走後，我把薑汁汽水倒進小碟子，輕輕拍了一下過夜包的蓋子。「東西來了，彼得。」

袋子的拉鍊沒有拉，彼得在裡面的時候，我總是讓拉鍊開著。彼得用腳爪扒開蓋子，探出頭來，迅速看了一下四周，然後伸出前半身，把前腳放在桌邊。我舉起自己的酒杯，然後我們望著對方。「彼得，這杯敬雌性動物，上了她，然後忘了她！」

牠點了點頭，這完全符合牠自己的哲學。牠優雅地低下頭，開始舐食薑汁汽水。「我是說，如果做得到的話。」我加了一句，灌下一大口酒。彼得沒有答腔。對彼得來說，忘掉雌性動物毫不費力，牠是天生打光棍的類型。

從玻璃窗望出去，對面有個不斷變化的招牌。一開始出現的是：「一邊睡覺一邊工作。」然後是：「做個夢，麻煩就消失了。」然後閃動著兩倍大的字：

「互助壽險公司」

我看到這三行字好幾次，卻沒想到這些字的意義。對於「假死」，我和其他人知道的一樣多，也可以說一樣少。在他們第一次宣布的時候，我曾經看過一篇這類的熱門文章，而一星期即有兩三次，我會在晨間郵件裡收到一張保險公司的廣告；我通常連看也不看就扔掉，這對我似乎不適用，就像唇膏的廣告一樣。

第一，我負擔不起冬眠的費用——直到前一陣子；這要花一大筆錢。第二，一個喜歡自己的工作、能賺錢而且預期會賺更多，熱戀中且即將結婚的男人，怎麼會做出半自殺的決定呢？

假如有一個人患了不治之症，無論如何都會死，卻預期幾十年後的醫生或許能治得好他——而且他能負擔得起「假死」的費用，直到醫學進步到能處理他的問題，如此冬眠是符合邏輯的賭注。或者，假如他一心追求的目標是要旅行到火星，而他認爲，把他個人電影記錄片的其中幾十年剪掉，能夠讓他買張機票，我猜想這也是合乎邏輯的。曾經有篇新聞報導一對上流社會的新婚夫婦，一結婚就直接從市政府到「西方世界保險公司」的冬眠護眠中心，同時敬告諸親友，他們言明，除非等到能負擔到行星間的太空船上度蜜月，否則別叫醒他們……不過，我懷疑那只是保險公司的宣傳花招，他們早已換了假名，從後門溜走了。像條冷凍鯖魚那樣度過的新婚之夜，聽起來實在不像是眞的。

又直截了當的財務訴求，就像那家保險公司大力鼓吹的：「一邊睡覺一邊工作。」只要躺著不動，無論原來存了多少錢，都能累積成一大筆財富。假如你今年五十五歲，而你的退休金一個月付你兩百塊錢，爲什麼不把這幾年睡過去，醒來的時候仍是五十五歲，讓它一個月付你一千塊？更不用說在一個光明的新世界醒來，或許會承諾讓你有個更長壽更健康的老年，可以享受一個月一千元的生活，不是嗎？而眞正有效的方法是，每家公司都以無可爭辯的數字，來證明他們信託基金選擇的股票比別家公司賺錢的速度快，如同「一邊睡覺一邊工作！」

這對我從來沒有吸引力。我還沒到五十五歲，不想退休，也不覺得一九七○年有什麼不對勁。

或者應該說，直到最近都是如此想的。如今，無論我是否喜歡，我都退休了（我不喜歡）；我並沒去度蜜月，反而是坐在一家二流酒吧裡，喝著蘇格蘭威士忌，純粹只是爲了麻醉；陪著我的也不是新娘，而是一頭滿身傷疤的雄貓，而牠好像有喝薑汁汽水的癮；至於我這時候最想做的，就是把此刻換成一箱杜松子酒，把每一瓶喝乾。

但我絕對不是身無分文。

我伸手到外套的衣袋，拿出一個信封，把它打開。信封裡有兩件東西。一張保付支票，我這輩子還不曾一次擁有那麼多錢；還有一張幫傭姑娘公司的股票證書。兩份文件都有點皺了，自從交到我手上之後，我都一直隨身帶著。

爲什麼不去做？

爲什麼不鑽進去睡一覺，等麻煩都消失呢？這比加入「外籍兵團」更愉快，又不像自殺那麼一塌糊塗，我也可以完全脫離那些讓我的人生酸澀不堪的人與事。既是如此，爲什麼不去呢？

對於變得很有錢的機會，我倒不是那麼興致勃勃。喔，我曾經讀過H·G·威爾斯的《當冬眠人甦醒》（When The Sleeper Wakes），這書不只在保險公司開始送免費書的時候就看過，而是在更早以前，當它還只是經典名著時，我就知道複利和股票增值能帶來的好處。但我不太確定自己是否有足夠的錢購買冬眠，同時設立一筆大到值得經營的信託基金；而另一個理由比較吸引我：乖乖去睡覺，醒來已是不同的世界。也許是個更好的世界，就像保險公司要你相信的那樣，也許是更差。但絕對是不同的世界。

我確定會有個重大的差異：我可以睡上一段夠長的時間，確定那會是個沒有貝麗·達金的世界；或者，也沒有邁爾斯·根特利，尤其是沒有貝麗。如果貝麗已經過世，而且入土爲安，我就可以忘了她，忘了她對我做過的事，一筆勾銷……而不會讓這種痛苦啃蝕著我的心，因爲知道她離我只有幾哩遠。

試著來看看，那會需要多久？貝麗今年二十三歲，或者說聲稱是二十三歲（我想起有一次她似乎說溜了嘴，說她記得羅斯福當總統的時候）。沒關係，反正是二十幾歲。如果我睡上七十年，她就不在世上了。乾脆睡個七十五年比較保險。

不過，我想起醫界在老人醫學方面有大幅進展；他們談到有可能達到一百二十歲的「正常」壽命。也許我得睡上一百年。我不知道是否有任何保險公司會接受那麼久的契約。

不過，在蘇格蘭威士忌發熱的作用下，我突然想到一個有點殘忍的主意。我不必睡到貝麗老死；對一個青春的女人來說，變老就是適當的報復，這種報復就夠了，太夠了。只要年紀輕輕地出現在她面前，讓她痛哭流涕即可，三十年差不多夠了。

突然我感覺到有隻腳爪，像片雪花似地輕輕落在我臂上。「喵，還要！」彼得叫道。

「貪吃鬼！」我對牠說，卻再幫牠斟一小碟薑汁汽水。牠禮貌性地多等了一會兒當作致謝，然後開始舐食。

但牠已打斷我這一連串愉快而惡毒的想法。我到底該怎麼處理彼得呢？

貓不像狗那樣可以輕易送人，牠們會受不了的。有時候，貓會跟著房子一起送人，但彼得不能。對牠而言，自從九年前離開牠媽媽身邊之後，在這不斷變化的世界裡，我是唯一不變的東西；甚至在我當兵的時候，也想盡辦法讓牠留在附近，而這的確不是件容易的事。

牠的健康狀況很好，可能還會一直保持下去，雖然牠可以說是用傷疤組織連接在一起的。只要牠能修正非當老大不可的習性，那麼至少還有五年時間，牠可以繼續受歡迎，還能當好幾隻小貓的爸爸。

我可以付錢讓牠住在貓舍，直到牠老死（無法想像）！或者讓牠安樂死（同樣無法想像），再者我也可以乾脆拋棄牠。對於貓，只有兩件事：一就是實現你已經承擔的終身道義責任，不然就是遺棄那隻可憐的動物，讓牠變成野貓，摧毀牠對永恆公正的信念。

就像貝麗摧毀我的信念一樣。

所以，丹尼小子，你最好評忘了這件事吧。你自己的人生可能已經像醃菜那樣酸臭，但無論如何也不能以此爲藉口，不履行對這隻超級被寵壞的貓應要負的契約責任義務。

就在我得出這個人生哲學眞理的時候，彼得打了個噴嚏，定是氣泡進了牠的鼻子。「祝你健康！」我對牠說，「還有，別喝那麼快。」

彼得根本不理我。牠平常的餐桌禮儀比我好，牠也知道。我們的服務生一直在收銀機附近閒晃，和收銀員聊天。早已過了午餐時間，店裡沒幾個客人，而且都集中在吧台那邊。我說「祝你健康！」時，服務生抬頭看了一下，不知對收銀員說了些什麼。兩人都看著我們這邊，然後收銀員抬起吧台邊的摺板，向我們走了過來。

我輕聲說：「憲兵來了，彼得。」

牠四下看了看，鑽進袋子裡；我把袋口蓋起來。那名收銀員走過來，手撐在我桌上，很快地看了兩眼雅座桌子兩側的座位。「朋友，對不起！」他冷冷地說：「你得把那隻貓帶出去。」

「什麼貓？」

「你剛才用小碟子餵的貓。」

「我沒看到什麼貓呀。」

這次，他彎下腰，看看桌子底下。「你把牠藏在那個袋子裡。」他語帶指責道。

「袋子？貓？」我一臉吃驚地說。「朋友，我想你做了一個非常嚴重的指控。」

「唔？別對我用什麼花俏的語言。你的袋子裡放了一隻貓，請你把袋子打開。」

「你有搜索票嗎？」

「什麼？別開玩笑了。」

「你才在開玩笑呢，竟然沒有搜索票就想看我袋子裡面裝什麼，根據美國憲法第四條修正案，何況而且戰爭已經結束好幾年了。既然我們已經解決了這件事，請告訴服務生再拿一份同樣的東西來，或者你自己去拿也可以。」

收銀員面有怒色。「老兄，我不是針對你個人，可是我不得不爲營業執照著想。那邊的牆壁上寫著『貓狗不得入內』。我們的目標是要經營一家講究衛生的店。」

「那麼你們離目標還眞差得遠。」我拿起桌上的玻璃杯。「看到口紅印子了嗎？應該去檢查你們的洗碗機，而不是來搜查顧客的東西。」

「我沒看到什麼口紅。」

「大部分被我擦掉了。不過，我們還是把這杯子拿到衛生局，做個細菌數量檢驗。」

他嘆了口氣。「你有督察證嗎？」

「沒有。」

「那我們就扯平了，我不搜你的袋子，你也不拉我去衛生局。現在，如果你還想喝一杯，請到吧台這邊來喝，本店請客，但別在這裡喝。」他轉過身，走到前面去。

我聳了聳肩。「反正我們也要走了。」

離開的時候，經過收銀員櫃檯，他剛好抬起頭來。「不會覺得反感吧？」

「不會。不過，我本來打算傍晚帶我的馬來這兒喝一杯的。現在我不帶牠來了。」

「隨你高興，法律沒說不准帶馬。不過，我只想再問一句，那隻貓眞的喝薑汁汽水嗎？」

「憲法第四條修正案，記得嗎？」

「我不想看那隻動物，我只是想知道而已。」

「嗯，」我承認，「他比較喜歡加一點點苦味的，不過若沒別的選擇，牠也會喝的。」

「會把牠的腎臟弄壞的。過來這邊看一下，朋友。」

「看什麼？」

「身體向後仰，讓你的頭靠近我所在的地方。現在，看看每個雅座上方的天花板……裝潢裡面有鏡子。我知道有隻貓在那兒，因爲我看到牠了。」

我向後仰，看上去。接合處的天花板有一大堆亂七八糟的裝飾，包括許多鏡子；我現在看到其中的好幾個，透過室內設計的喬裝，收銀員不必離開位子，就能用它們當成潛望鏡。「我們需要那種設計。」他語帶歉意地說。「在那幾個雅座裡發生的一些事，會讓你大吃一驚的，我們不得不照看一下。這是個悲哀的世界。」

「阿門！」我繼續往外走。

一走到外面，我立刻打開袋口，只抓著一邊把手；彼得探頭出來。「你聽到那個人說的話了，彼得。『這是個悲哀的世界』。比悲哀還糟糕的是，不過是兩個朋友希望在一起靜靜喝兩杯，還會有人暗中監視。那就更確定了。」

「喵，現在呢？」彼得問。

「如果你這麼說的話。假如我們眞的要去做，就沒有拖延的必要。」

「妙！」彼得斷然地回答。

「那就沒有異議了。就在對面，穿過馬路就到了。」

互助壽險公司的接待人員是個功能設計之美的最佳典範。不但有達到大約四馬赫的流線，她還能展示出前方裝設的雷達站，以及她的基本任務所需的一切事物。我提醒自己，等到我出來的時候，她早已成爲惠斯勒「母親」畫像中的老婦人，然後我告訴她，我想找個業務員。

「請坐，我來看看有哪一位業務經理有空。」我還沒來得及坐下，她就說：「我們的包爾先生將會爲您服務，請往這邊走。」

「我們的包爾先生」所在的辦公室，讓我覺得互助壽險公司經營得相當好。他熱情地和我握手，讓我坐下，請我抽菸，並打算幫我拿背包。我則緊握著它。「您好！先生，有什麼能爲您效勞的嗎？」

「我要冬眠服務。」

他的眉毛往上揚，態度變得更加恭敬。的確，互助也會幫你簽只有七塊錢的照相機流動保單，但冬眠讓他們能夠摸到客戶的全部資產。「非常明智的決定。」他恭敬地說。「眞希望自己也能放下一切去冬眠。可是有家庭責任，您知道的。」他伸手拿起一張表格。「冬眠的客戶通常很匆忙。讓我來幫您塡寫表格，節省您的時間和麻煩……而且我們會立刻爲您安排做體檢。」

「等一下。」

「嗯？」

「有個問題。你們公司會幫貓安排冬眠嗎？」

他露出驚訝的表情，然後轉爲生氣。「您是在開玩笑吧。」

我打開包包上的蓋子，彼得探出頭來。「見見我的夥伴。請先回答我的問題，如果答案是『不行』，那麼我就要到樓上的中央谷保險公司。他們的辦公室就在同一棟大樓，不是嗎？」

這次，他露出驚恐的神色。「先生……呃，還沒請教貴姓？」

「丹尼・戴維斯。」

「戴維斯先生，只要有人走進我們的門，他就會受到互助壽險的善心服護。我可不能讓您去中央谷保險公司。」

「你打算怎麼攔阻我？用柔道嗎？」

「拜託！」他四下看了看，露出憂心忡忡的神色。「我們公司是一家正派經營的公司。」

「意思是說中央谷不是囉？」

「我可沒說，是您說的。戴維斯先生，可別讓我動搖您的決定……」

「你不會的。」

「不過，到每家公司拿幾份合約範本。找位律師，如果能找位有牌照的語義學專家更好。看看我們提供什麼以及實際能做到什麼，之後再和中央谷宣稱可以提供的服務做個比較。」他又四下看了看，身子向我靠過來。「我不應該這麼說的，也希望您不要說是我說的，而實際上，他們甚至不使用標準的精算表。」

「也許他們不會纏著客戶。」

「不是的！親愛的戴維斯先生，我們把每一項自然增長的利益都配發上去。我們的章程是這麼要求的，而中央谷只是一家股份公司。」

「也許我應該買一些他們的，聽我說，包爾先生，我們是在浪費時間。互助到底是接受我的夥伴呢？或是不接受呢？如果不接受，那麼我已經來這裡太久了。」

「您的意思是，你要付錢讓那隻動物接受低溫處理，保持在冬眠狀態嗎？」

「我的意思是，我要我們兩個都去冬眠。還有，別叫牠『那隻動物』，牠的名字是彼得羅涅斯。」

「對不起！我換個方式問。你準備付兩筆保管護理費，把你們兩個，你，還有，呃，彼得羅涅斯交給我們的護眠中心，是嗎？」

「是的，但不是兩筆標準費用。當然可以多收一點，不過你們可以把我們兩個塞進同一個冰箱；對於彼得的收費，實在不應像一般人類那麼高。」

「這眞是太不尋常了。」

「當然是很不尋常。不過我們可以待會兒再談價錢，或者我也可以和中央谷談價錢。現在我只想知道你們到底能不能接受。」

「唔……」他的手指在桌面上敲了敲。「等一下。」他拿起電話，說：「歐寶，幫我接貝奎斯博士。」我沒聽到接下來的對話內容，因爲他打開了私密防護設備。但沒過多久，他就放下電話對著我微笑，彷彿某個有錢的伯父剛剛過世似的。「先生，好消息！我剛才忘了一件事，最早的成功實驗就是在貓身上進行的。針對貓的技術和關鍵因素，都已經完全確立了。事實上，在馬里蘭州安那波里斯的海軍研究實驗室，就有一隻貓已經冬眠了二十年，現在仍然活著。」

「我以爲他們打下華盛頓的時候，就已徹底摧毀了海軍實驗室，難道不是嗎？」

「只是地面上的建築物而已，地底深處的部分沒事。而這正是這項技術已臻完美的明證；有兩年多的時間，那隻動物無人照顧，只有自動機械在維護……然而牠仍然活著，沒有改變也沒有老化。就像您會活下去一樣，先生，無論您決定要把自己託給「互助」多長一段時間。」

我覺得他好像要在胸前畫十字似的。「行了，行了，那麼我們就接著談價錢吧。」

這件事牽涉到四個因素：第一我們冬眠時期內的照護費用要怎麼付；第二我希望讓我們兩個睡多久；第三當我在冷藏櫃裡的時候，我想要對自己的錢做什麼樣的投資；最後萬一我就這麼一睡不醒，那要怎麼處理。

終於我選定了公元二〇〇〇年，一個漂亮的整數，而且距今只有三十年。我怕萬一隔得太久，我會完全抓不住時勢。在過去三十年（我的前半輩子）之間的變化，已足以讓一個人嚇掉眼珠子，包括兩次大戰和十幾次小戰、共產主義垮台、大恐慌、人造衛星、採用原子能等，哎呀，我小時候他們甚至連「多變形態」都沒有聽過。

其實，我可能會覺得公元二〇〇〇年非常令人困惑。但假如我不離那麼遠，貝麗根本不會有時間長出一臉漂亮的皺紋。

但當談到錢要如何投資時，我並不考慮政府公債和其他保守型的投資；我們的財政體系納入了通貨膨脹。我決定繼續握著幫傭姑娘公司的股份，把現金放到其他的普通股票上，再特別留意某幾個會有成長的趨勢，像自動化工業一定會有成長的。我也挑了一家舊金山的肥料公司，他們一直在進行酵母和食用藻類的實驗，因爲人口一年比一年多，而牛排並不會變得比較便宜；至於剩下來的錢，我則請他放進他們公司的管理型信託基金。

不過，眞正的抉擇是，萬一我在冬眠期間死掉時，該怎麼辦。這家公司宣稱，我會活過三十年冬眠的機率絕對超過七成，而無論你賭大或賭小，他們都會跟進。賭注的彩金並不是對等的，而我也不會如此冀望；任何正當的賭局都有莊家抽頭的規矩。只有不正派的賭徒，才會說會給笨蛋最好的報酬，而保險是個合法化的賭博。世界上歷史最悠久也最有聲譽的保險公司——倫敦的勞依茲公司，就會毫不猶豫，不管對任何賭注，勞依茲的佐理人都願意陪你押大或押小。但別期望投注的賠率會高於平均值；「我們的包爾先生」身上穿的訂製西裝總得有人付帳。

我選擇萬一我死掉的話，每一分錢都會進入公司信託基金，包爾先生差點要吻我，讓我不禁懷疑那種「七成」的機會到底有多樂觀。但我仍然決定這麼做，只因如此一來，我就有權利繼承（如果我活下來）每個做出同樣選擇的人（如果他們死掉）所留下的財產，就像玩俄羅斯輪盤的生還者可以拾起籌碼一樣，當然保險公司則照例像賭場那樣抽成。

對於每項賭注，我都挑選了可能報酬率最高的選擇，而且完全沒有以防萬一猜錯的風險；包爾先生愛死我了，就像賭場主人喜歡一直押零的笨蛋一樣。才剛談妥我的財產處理，他就急著爲彼得訂出公道的條件，我們談妥以人類費用的百分之十五來支付彼得的冬眠費用，也額外爲牠擬了一份合約。

接下來的就是法院同意和體檢的事項了。我不太擔心體檢，我的直覺是，一旦我選擇讓公司賭我會死，那麼即使到了黑死病末期，他們還是會接受我。但我以爲得到法官的批准可能需要冗長的手續。這是個必要的程序，因爲一名冬眠中的客戶，在法律上屬於託管範圍，但雖然活著，卻無自主能力。

其實根本不必擔心。我們的包爾先生準備了十九種不同的文件，全都是一式四份。我簽名簽到手指差點抽筋，而等到準備去體檢的時候，眼見信差匆匆忙忙送走文件，根本連法官也沒見到。

體檢一向總是令人厭煩的例行程序，只有一點例外。就在快結束的時候，爲我做體檢的醫師嚴厲地看著我，說：「年輕人，你這樣醉醺醺的已經有多久了？」

「醉醺醺？」

「醉醺醺。」

「你怎麼會那樣想呢，醫師？我和你一樣清醒。『吃葡萄不吐葡萄皮，不吃葡萄』……」

「別吵了，快回答我的問題。」

「嗯……我會說，差不多兩星期。或稍微多一點。」

「強迫性的嗜酒嗎？你以前玩過多少次這種把戲？」

「唔，事實上，我從來沒有。你知道……」我正要告訴他貝麗和邁爾斯對我做了什麼事，我爲什麼會覺得那樣。

他伸出手掌，阻止我說下去。「拜託，我自己的麻煩已經夠多了，而且我也不是精神科醫師。說眞的，我所關心的，只是想知道當把你降溫到攝氏四度的這種情況下，你的心臟是否耐得住。你的心臟倒是還好。我通常不在乎怎麼會有人瘋狂到想爬進一個洞裡，把自己硬塞進去，只覺得地面上又少了一個該死的笨蛋。但只要還有一點殘餘的職業道德，無論這個標本有多可悲，我都不能讓他的腦子浸著酒精爬進冷藏櫃裡。好，轉過身去。」

「唔？」

「轉過身去，我要在你左邊臀部打一針。」

我轉身讓他打了一針。我還在揉屁股時，他繼續說：「把這杯喝下去。再過大約二十分鐘，你就會比過去一個月更清醒。然後，如果你還有一絲一毫的理智，不過這點我倒是很懷疑，或者你可以重新評估你自己的狀況；決定是否要遠遠逃離你的麻煩；還是像個男人那樣，勇敢地面對問題。」

我把它喝了。

「就這樣，你可以穿上衣服了。我會簽署你的文件，但是我警告你，直到最後一分鐘，我都有權否決。你不能再沾一滴酒，晚餐吃少一點，明天不能吃早餐。明天中午到這裡做最後的檢查。」

他轉身出去，連個再見也沒說。我穿上衣服走出去，整個人氣呼呼的。包爾已經把所有的文件準備好了。我拿起文件的時候，他說：「如果您願意，您可以把文件留在這裡，明天中午再來拿，我說的是您要隨身帶著的那一份。」

「其他的文件呢？」

「我們會留一份存底，等到您入眠之後，我們會送一份檔案到法院，再送一份到卡爾斯巴檔案中心。對了，醫師有提醒您關於飲食的事嗎？」

「當然有。」我向那些文件瞥了一眼，藉此掩飾我的惱怒。

包爾伸手要拿我的文件。「我會幫您保管到明天。」

我把文件抽回來。「我自己可以保管。我可能想把其中幾支股票換掉。」

「呃？這也未免太遲了，親愛的戴維斯先生。」

「別催我，如果我眞做了什麼修改，我會提早來。」我打開過夜包，把文件塞進彼得旁邊的一個夾層。我以前曾把重要的文件放在那裡；也許不像卡爾斯巴的公共檔案中心那麼安全，但這裡比想像的要安全得多。有一次，有個小偷曾經試圖拿走放在那夾層裡的東西，他身上一定還有彼得的尖牙和利爪留下的疤痕。

# 二

我的車子停在柏興廣場底下，大概也停了幾個小時。我投了一些錢餵了停車收費機，把汽車設定到開往向西的幹道，接著讓彼得出來，把牠放在座位上，可以放輕鬆。

或者說試著放輕鬆。洛杉磯的交通太快了，那種橫衝直撞的方式也太危險，我實在無法在自動控制下覺得滿意，希望重新設計整套設備，畢竟它還不是眞正現代的「故障安全防護」。等過了西方大道以西，又回到可以手動控制的時候，我已經有點急躁，很想喝杯酒。

「前方有個綠洲，彼得。」

「喵？」

「就在正前方。」

就在我想找地方停車的時候，洛杉磯並未遭到侵略者的威脅，或者侵略者根本找不到地方停車，猛然我想起醫師警告我不能碰酒精。

可是我心想斷然告訴他，我會乖乖聽他的話，才怪呢！

然後我開始納悶，在經過將近一天之後，他是否能分辨出我有沒有喝過酒。我好像記得看過某篇文章，但那不在我的興趣範圍，只是大略瀏覽一下而已。

不過，眞該死，他完全有能力拒絕讓我冬眠，我最好機靈些，離那東西遠一點。

「現在呢？」彼得問。

「晚一點。我們去找個免下車餐廳。」我突然明白自己並不是眞的想喝酒，只是想要點食物，好好睡一晚。醫生說得對，我會變得比較清醒，也覺得比這幾個星期來都要好。也許屁股上那一針只不過是維他命B1；如果是這樣，那作用還眞快。不久找到一家免下車餐廳。點了原味雞肉給自己，半磅漢堡肉和一些牛奶給彼得。趁著食物還沒來的時候，帶牠出去蹓一蹓。彼得和我常常去免下車餐廳，因爲不必偷偷摸摸把牠帶進帶出的。

半小時後，開車離開那繁忙的地區，停在一旁，點燃一根菸，搔搔彼得的下巴，開始思考。

丹尼，你這個好小子，那醫生說的對，你是想鑽進瓶頸裏躲著。你那尖尖的頭也許沒問題，但對肩膀來說太窄了。現在完全清醒，肚子已塡滿食物，這也是幾天來第一次能舒服地休息，眞覺得好多了。

但其他的事呢？關於其他的部分，醫師也說對了嗎？你是個被寵壞的小孩嗎？缺乏面對挫折的勇氣嗎？爲什麼會走上這一步？這叫做冒險精神嗎？或者你只是在逃避自己，像個神經病一樣試著要爬回母親的子宮嗎？

可是我眞的想這樣做，我告訴自己，就等公元二〇〇〇年了！好小子！

好吧，就算你想要這麼做，難道非得逃跑不可，不用先把在此時此地的麻煩解決掉嗎？

好吧，好吧！可是能怎麼解決？我並不想要貝麗回來，尤其在她做了這些事以後，我還能做些什麼？控告他們嗎？別傻了，我根本沒有證據，或者無論如何，要眞的打起官司，贏家只有律師。

彼得說：「喵？你知道的！」

我低頭看著牠那滿是傷痕的頭。彼得不會去控告任何人；如果牠不喜歡另一隻貓的鬍鬚模樣，牠只會叫對方到外面，像貓一般打一架。「我相信你是對的，彼得。我打算去找邁爾斯，扯下他的臂膀，拿來敲他的頭，非逼他說不可。之後再去冬眠。但必須先知道他們到底對我們做了什麼，還有，這騙局是誰想出來的。」

台子後面那邊有個電話亭。我打電話給邁爾斯，知道他在家，我要他留在那兒，我馬上過去。

老爸爲我取名爲丹尼爾．布恩．戴維斯，這是他聲明贊成個人自由權與自力更生的方式。我是一九四〇年出生的，那一年，大家都在說個體逐漸沒落，而未來乃是屬於群眾。老爸怎麼也不肯相信；爲我取名字就是反抗的表示。他死於北韓的洗腦之下，直到最後一口氣還試圖證明他的論點。

四旬戰爭開始的時候，我已經取得機械工程的學位，並且正在陸軍服役。我並沒利用自己的學位試著弄個職位，是因爲老爸留給我一樣特質，就是不可自抑地渴望獨立自主，不指揮別人，不受人指揮，不按安排好的時間表做事，一心只想服完兵役，趕快獨立。當冷戰爆發時，我是新墨西哥州山迪亞武器中心的一名中士技師，負責把原子塡進原子彈，整天打算著退伍後想做什麼。山迪亞消失的那一天，我正在德州達拉斯領取一批軍用的新鮮補給。那次爆炸的輻射落塵吹向奧克拉荷馬市，我也才能活下來領我的軍人福利金。

彼得也由於類似的原因而活下來。我有個搭擋，名叫邁爾斯．根特利，他本來已經退役，又被召回軍中。他娶了一名帶著女兒的寡婦，但就在他被召回的同時，他的妻子過世了。於是他和一個家庭一起住在阿布奎基的營區外，以便讓他的繼女菲德瑞嘉有個家。小瑞琪（我們從來不叫她「菲德瑞嘉」）替我照顧彼得。感謝埃及女貓神保佑，在那個可怕的週末，邁爾斯和瑞琪和彼得剛好休假三天出去玩，而瑞琪也帶了彼得一起走，因爲我不能帶牠去達拉斯。

在發現我們竟然有幾個部門藏在極爲偏僻之處，以及其他不曾有人會懷疑的地方，我和其他人一樣感到驚訝。從三〇年代開始，一般人就知道人體可以冷凍，直到一切減慢到幾乎靜止。但這一向是實驗室裏的把戲，或者做爲一種最後手段的療法，直到四旬戰爭後情形才改觀。就軍事研究而言，我會這麼說：如果金錢和人力所及，就會得到結果。印幾億元鈔票，聘請幾千名科學家和工程師，然後用某種令人難以置信、笨拙或無效率的方式，結果還是會出來。不管是生理的靜止、冷眠、冬眠、低溫處理或是降低新陳代謝，隨便你怎麼稱呼，反正後勤醫學研究團隊已找出方法，把活人像木材那樣堆放起來，以便在需要的時候使用。先讓對象服用藥物，施行催眠，然後把他冷卻下來，精確地保持在攝氏四度；也就是說保持在水的最大密度，且沒有冰的晶體。如果急需要他時，則可以在十分鐘內用電療和催眠暗示等，將他喚醒（在諾姆只用七分鐘），但這種速度常常會讓活體組織老化，而且可能會讓他從此之後變得有點笨。如果不急，至少用上兩小時會比較好。不過，職業軍人會說此快速法是一種「經過計算的風險」。

但這整件事是敵人並未計算到風險，因此，當戰爭結束的時候，我還能領到薪資退役，而不是被消滅或送進苦工營。之後，差不多就在保險公司開始銷售冬眠業務的時候，邁爾斯和我開始合夥做生意。

於是我們到莫哈維沙漠，在某個空軍廢棄的建築物裡設立了一家小工廠，開始製造幫傭姑娘吸塵器，用我的工程知識和邁爾斯的法律與商務經驗。是的，我發明了幫傭姑娘和她所有的親戚，如擦窗威利及其他等，雖然在他們身上找不到我的名字。當我還在軍中的時候，我曾經努力想過，一名工程師能做些什麼。為標準局、杜邦，或是通用汽車工作嗎？而三十年後，得到一場紀念餐會，還有一筆退休金。你不會錯過任何一餐，也可常常搭乘公司的飛機。但你永遠不是自己的老闆。另一個需要工程師的大市場是政府文職機構，起薪不錯、退休金很好、沒有煩惱、三十天的年假及某些自由的好處。但我才剛結束一段漫長的政府公職，也只想當自己的老闆。

有什麼行業不大，只要一名工程師，而不需要六百萬工時就能讓第一個機型上市呢？就像福特及萊特兄弟的起步那樣，可以微不足道的資本額開設的腳踏車店一樣，雖然大家都說那種日子永遠不會再來了，我才不信。

當時自動化的前景大好，像是只需要兩名人員看守儀器和一名警衛的化學工廠，只要在一個城市裡印製標籤，在其他六個城市打上「已售出」記號的機器；挖煤礦用的鋼鐵挖掘機，聯合礦工會的小子們只要在一旁涼快，看著機器就行了。於是，當我還在領山姆大叔的薪水時，我就努力吸收一名Q級許可的人所能接觸到的所有電子學、各項環節以及電腦控制學。

而眞正自動化的產品是什麼？答案應是任何家庭主婦的家。我並不打算規劃出一個合理的科學家庭；這不是女人想要的；她們只要一個佈置得更好的窩而已。但是，僕佣制度已經消失許久，家庭主婦仍在抱怨僕佣問題。我很難得見到完全沒有奴隸主傾向的家庭主婦，她們似乎認為應該有高大健壯的村姑，只要給她機會用力刷洗地板就十分感激了，願意一天工作十四小時，吃的是剩菜殘羹，工資卻連水管工人的學徒也不屑一顧。

正因如此，我們才把那怪物叫做「幫傭姑娘」，靈感來自一種會讓人回想起從前老婆婆喜歡欺負奴隸或類似外勞女傭的產品。基本上，它是個比較好的吸塵器，我們打算用能夠和普通吸塵掃帚競爭的價格來行銷。

幫傭姑娘會做的事（最初的型號，而不是我在後來開發成的半智慧型的機械人）就是清潔地板，不管任何一種地板，它可以從早做到晚，不必有人監督。而從來就沒有一種地板是不必清理的。

它會或掃、或抹、或吸塵，或打磨，一切參考愚笨記憶體中的磁帶，而決定要採用哪個功能。它可以把比一顆BB彈大的任何東西撿起來，放到上方表面的一個托盤裡，而讓某個比較聰明的人判斷到底要留下或丟掉。它可以一整天靜靜地尋找污垢，以一種不可能遺漏任何東西的路線來搜索，略過乾淨的地板，永無止盡地搜尋髒亂的地板。如果發現房間內有人，它就會出去，像位受過良好訓練的女僕，除非它的女主人趕上來，撥動一個開關，指示那個可憐的機器進來。大約在用餐時間，它會到自己的小隔間休息，來個快速充電，而這是在安裝長效電池裝置之前。

第一代幫傭姑娘和一台吸塵器並沒有太大的差別。但有此差別（進行清潔而不需要人工監督）就夠了，顧客願意買。

而基本搜尋模式的靈感，是我從四〇年代後期寫在《科學美國人》上的「電動龜」得來的，從某個導向飛彈的腦子偷抄一種記憶電路（這是最高機密裝置的妙處——不能申請專利），利用十幾樣零件的清潔裝置和連結，包括一台軍醫院使用的地板打磨機、冷飲機，以及在原子能工廠用來處理任何「熱」東西的那些「手」。它裡面並沒有什麼眞正全新的東西，只是重新換一種組合方式而已。我們法律要求的「天才靈光一閃」，完全在於能不能找到一名優秀的專利律師。

另眞正的天才是在生產工程方面，這整個組件幾乎都能用從施威特材料目錄訂購的標準零件來製作，除了兩個三維凸輪和一塊印刷電路板，我們把電路轉包出去。至於凸輪呢，其中就在我們稱爲「工廠」的小庫房裡，使用戰爭剩餘物資自動化工具組裝。最早的時候，邁爾斯和我就是整條裝配線，包括敲打、銼光及上漆。試驗初模花費四三一七·〇九元，前一百台的成本稍微高出每台三十九元，最初我們把這一批以每台六十元交給洛杉磯一家折扣大賣場，他們則以八十五元賣出。我們不得不以寄售的方式賣，否則根本無法脫手，因爲我們負擔不起促銷費用，而且差一點餓肚子，才等到款項開始進帳。後來《生活》雜誌爲幫傭姑娘寫了兩頁的報導，而接下來的問題，就是要找足夠的幫手來裝配這個怪物。

就在這件事之後不久，貝麗·達金加入了我們的行列。邁爾斯和我一直是在一九〇八年份的古董打字機上笨拙地打著信；不久我們雇用貝麗當打字操作員兼記帳員，也租了一台有主要字型和碳色帶的電動打字機，我也設計了一個信頭標語。創業維艱，爲努力工作，彼得和我就睡在工廠裡，而邁爾斯和瑞琪則在附近找了個簡陋的木屋。我出於自我保護才成立公司。而組成公司需要三個人，於是我們給貝麗一份股權，並指派她爲祕書兼會計。邁爾斯是總裁兼總經理，我是總工程師兼董事長，且持有百分之五十一的股份。

也許需要解釋清楚，爲什麼我要擁有控制權。我不是貪婪自私的人，我只是想做自己的老闆。邁爾斯像個台柱演員那樣工作，我完全信任他。而且起步的資金，有超過百分之六十是我的，而且發明和工程設計能力則百分之百是我的。邁爾斯不可能做出幫傭姑娘，而我卻有可能和十幾個人之中的任何一個合夥，或者可能沒有夥伴，不過我也許也賺不到錢；但邁爾斯是個生意人，我可不是。

爲了想要確定我能保有工廠的控制權，自然我也同意邁爾斯在業務方面有相同的自由，但結果是給太多自由了。

幫傭姑娘一號就像棒球賽裡的啤酒一樣好賣，我花了好大工夫改良它，並且設立一條眞正的裝配線，再找了個工廠領班來負責，然後我很樂意轉向其他設計，想出更多家庭用的玩意兒。令人驚奇的是，很少有人眞正思考過家事的問題，即使這至少佔世界上所有工作的百分之五十。婦女雜誌談到「家中的勞力節省」和「機能廚房」，但這只是信口開河而已；雜誌上漂亮圖片中的生活與工作上的佈置，實質上並不比莎士比亞時代來得進步，從馬到噴射機的革命並未走進一般家庭。

當時我堅持自己的想法，認爲家庭主婦是極端保守的。她們要的不是「生活用的機器」，而只是一些玩意兒來取代已經不存在的家僕，也就是清潔打掃、烹飪以及嬰兒照護等工作。

我開始思考髒玻璃窗，以及浴缸邊緣非常難刷洗的那道黑圈圈，因爲你得彎下兩倍的角度才刷得到。原來，有一種靜電裝置可以讓髒東西「咻！」一聲離開任何打磨過的二氧化矽表面，像窗玻璃、浴缸、馬桶及任何諸如此類的東西。那就是擦窗威利，而令人納悶的，怎麼沒人及早想到它。我一直不肯早點放它上市，要等到我能讓它降到人們無法抗拒的價格。你知道以前洗窗戶一小時要花多少錢？

因爲遲遲不讓威利上生產線，邁爾斯終於等得不耐煩。他一等到它夠便宜就想開始銷售，但我堅決要求一件事，威利必須容易修理。大多數家用玩意兒的一大缺點，就是如果東西越好而且功能越多，那麼在你最需要的時候，它故障的機率就越大，這時就要動用到一小時收費五美元的專家讓它再次運作。然後，下星期又會發生同樣的事，要不是洗碗機，就是暖氣機……而且常常是發生在星期六深夜暴風雪的時候。

我希望做的玩意兒能運作，且要持續運作，但不會造成主人的胃潰瘍。

不過，這玩意兒的確會故障，即使是我的設計也不例外。除非等到那偉大的一天，所有的玩意兒都能設計成沒有任何可移動的部件，否則機械就會繼續令人失望。如果你家裡塞滿各種小玩意兒，必然有一些是處在故障狀態的。

但軍方早在多年前就克服了這個問題。你有可能損失千萬條人命，甚至輸掉戰爭本身，卻不可能只因爲某個拇指像大小的玩意兒故障，就會輸掉一場戰役。在軍事用途上，用一大堆妙計，如「故障安全防護」、「備援電路」、「告訴我三次」等方法。其中有一道適合家用設備的概念，就是插入元件的原理。

這是個很笨的簡單概念：別修理，把它換掉。我希望讓擦窗威利有可能出問題的零件部分採用插入裝置，然後讓每個威利都配上一組可替換的零件。有些元件會被扔掉，有些則會送出去修理，但只要插進替換的零件，如此威利本身永遠不會故障太久。

邁爾斯和我第一次大吵一架。我說從試驗模型到能生產是個工程決策，他則聲稱那是個業務決策。如果我不掌握控制權，威利上市的時候，很可能像許多其他毛病一大堆，只做到一半工程設計的「節省勞力」玩意兒一樣，就像急性盲腸炎那樣令人抓狂。

貝麗・達金撫平了這場爭論。要是她多施加一點壓力，我可能不會等到認爲它已經準備就緒，就讓邁爾斯開始銷售威利，因爲我早已被貝麗迷得暈頭轉向，就像任何拜倒在她裙下的男人一樣。

貝麗不只是個完美的祕書兼總務，她的外貌特質甚至可以取悅最要求完美的雕塑家，她身上總是有一種香氣，這對我的影響，就像貓薄荷對彼得的作用一樣。頂尖的辦公室女郎已經很稀有了，然而，一位最優秀的人竟然願意爲一家小資本的公司工作，領低於標準的薪資，誰都不免要問「爲什麼？」，可是我們甚至沒問過她先前在哪裡做事，面對銷售幫傭姑娘帶來泛濫成災的文書工作，我們實在太樂意她把我們從中解救出來。

如果有人建議我們應該查查貝麗的底，相信我也會憤慨地拒絕，因爲當時她的胸圍已經嚴重扭曲了我的判斷力。她肯聽我細訴，在她出現之前，我的生活有多麼寂寞，而她也溫柔地回答，說她必須更進一步瞭解我，她也有類似的感覺。

就在她撫平了邁爾斯和我之間的爭吵之後沒多久，她就同意和我共享財產。「親愛的丹尼，你身上有大人物的特質，我希望自己是可以幫助你的那種女人。」

「你本來就是！」

「嗯！親愛的。可是，我不打算馬上嫁給你，讓你有養小孩的負擔，讓你煩惱得半死。我打算和你一起努力，先把事業做起來。我們再結婚。」

我不同意，但她很堅決。「不，親愛的。我們還有一大段路要走。幫傭姑娘將會像通用電器一樣家喻戶曉，但等到我們結婚的時候，我希望能夠別管生意，只要一心一意讓你快樂。不過，我必須先為你的幸福和未來著想。信任我，親愛的！」

所以我信任她。她不肯讓我為她買我想要買的昂貴訂婚戒指，反而要求把我的一些股份簽給她當作一項訂婚禮物，而表決權當然在我。如今回想起來，我不確定那個禮物到底是誰想出來的。

在那之後，我工作得比從前更加努力，構想幾種會把自己清空的廢紙簍，以及一種在洗碗機洗完碗之後可以把碗盤收好的機制。當時大家都很快樂，這指的是彼得和瑞琪以外的人。彼得根本不理貝麗，就像對待牠不以為然卻無法改變的任何事物一樣，但瑞琪是真的很不快樂。

一切都是我的錯。從她才六歲大，還是在山迪亞的時候，頭髮紮著絲帶，黑色眼睛大而嚴肅的瑞琪，一直是「我的女孩」。等她長大，我「會和她結婚」，然後我們會一起照顧彼得。我以為那只是在玩家家酒，或許也是真的，而小瑞琪認真的程度，也只不過是讓她終於能完全照管我們的貓。但你怎麼知道小孩子心裡在想什麼？

我對小孩子不會特別用感情。他們是小小的怪物，大多數都是，總是得等到長大成人才會開化，有時候長大了也不開化。但是小菲德瑞嘉讓我想起自己妹妹當年的模樣。此外，她喜歡彼得，也能合理的對待牠。我猜想，她之所以會喜歡我，是因為我從來不用對小孩的方式對她說話（我自己小時候最討厭別人那樣），而且會很認眞看待她的女童軍活動。瑞琪很乖，她有安靜高尚的氣質，不會亂敲東西，不會動不動就尖叫，也不會很黏人。我們是朋友，分擔照顧彼得的責任，而且據我所知，她成爲「我的女孩」，只是我們在玩一場微妙的遊戲而已。

而在一次轟炸事件中，妹妹和母親死了之後，我就不再玩了。這倒不是有意的決定，只是覺得不想再開這種玩笑，後來就不曾再玩這遊戲了。瑞琪當時七歲，在她十歲的時候，貝麗加入我們；而在貝麗和我訂婚的時候，她大概是十一歲。她討厭貝麗的程度，我想只有我察覺到，因爲她只是表現得不太願意和她說話，而貝麗說那是「怕羞」，我覺得邁爾斯也以爲是那樣。

可是我明白，也試圖勸瑞琪不要那樣。你可曾試過要和青春期前的少男少女討論某件那孩子不想談的事嗎？也許到「迴音谷」大叫，你比較會有滿足感。我告訴自己，等到瑞琪更了解貝麗有多麼討人歡心，或許這種情形就會逐漸消失。

彼得又是另一件麻煩事，要不是我被愛情沖昏頭，就應該看出這是個明顯的徵兆，弄清楚貝麗和我永遠無法瞭解對方。貝麗「喜歡」我的貓，喔！沒錯，的確如此！她很喜歡貓，她也喜愛我那初期禿髮的頭皮，更欣賞我挑選的餐廳，甚至喜歡和我有關的每一件事。

但在一個愛貓人面前，喜歡貓是很難假裝的。世上有愛貓的人，也有不愛貓的人（或許佔大多數），他們「無法忍受一隻無辜、無法避免的貓」。如果他們試圖僞裝，無論是出於禮貌或是任何理由，都會顯現出來，因爲他們不瞭解如何對待貓，而貓族的禮節比起外交禮節更加嚴苛。

這種建立在自我尊重以及彼此尊重的基礎上，就好像拉丁美洲的「人權尊嚴」一般，只有在生命處於危險的狀況下，你才可能違反這種禮節。

貓族本身缺乏幽默感，有過度膨脹的自我意識，而且非常敏感。要是有人問我，爲什麼有人願意花時間爲牠們服務，我會不得不回答根本沒有合理的原因。我寧願向某個討厭重口味的人解釋他爲什麼「應該喜歡」氣味濃烈的乳酪。不過，我完全能體諒那個只因爲有隻小貓睡在上面，就剪掉袖子上珍貴刺繡的滿清官員。

貝麗曾試圖用對待狗的方式來表現她「喜歡」彼得，卻因此被抓傷了。然後，身爲一隻識相的貓，牠匆忙跑出去，而且留在外面很久，不過這樣也好，因爲我一定會揍牠一頓，而彼得從來沒挨過打，至少沒被我打過。打貓根本沒有用，貓只能用耐心訓練，打罵永遠沒有用。

於是我在貝麗的傷痕上擦些碘酒，然後試著解釋她哪裡做錯了。「對不起，竟然會發生這種事……我眞的非常抱歉！不過如果你再那樣做，同樣的情形還會發生！」

「可是我只是拍拍牠而已！」

「呃，沒錯，但你用的不是拍貓的方式，你用的是拍狗的方式。你絕對不可以拍貓，你要用撫摸的。在牠爪子抓得到的範圍內，絕對不可以突然迅速移動。如果沒給牠機會讓牠知道你打算摸牠，你絕對不可以碰牠。還有，你必須一直觀察，看看牠是否喜歡。如果牠不想被摸，牠會出於禮貌而稍微忍受一些，因爲貓是很有禮貌的，但是如果牠只是勉強忍受，那麼你就要停手，別等到牠的耐心耗盡。」我猶豫了一下。「你不喜歡貓，對不對？」

「什麼？哎呀，什麼話嘛！我當然喜歡貓。」但她又說：「我猜大概是不常跟牠們接觸。她很敏感嘛，不是嗎？」

「是『他』，彼得是隻公貓。不是，他其實不太敏感，因爲牠一向受到很適當的對待。但你一定要學學如何和貓相處。而且，你絕對不可以嘲笑牠們。」

「什麼？爲什麼？」

「並不是因爲牠們不好玩，牠們其實非常有喜感。貓沒有幽默感，所以這會冒犯牠們。當然貓不會因爲你的嘲笑就抓傷你，牠只會掉頭走開，等你想和牠交朋友就會有麻煩。但這不太重要。更重要的是要知道怎麼把貓抱起來。等到彼得回來的時候，我會做給你看。」

但彼得並沒有回來，至少沒有馬上回來，而我也從來不曾做給她看。貝麗從此以後再也沒碰過牠。她仍然對牠說話，也表現出喜歡牠的樣子，但她對牠保持距離，而牠也對她保持距離。我不再記掛這件事，這個女子在我心目中比生命中的任何事更重要，我可不能爲了這種瑣事起疑心。

但彼得後來差一點造成危機。當時，貝麗和我正在討論我們以後要住在哪裡。她仍然不肯定下日期，我們的確花很多時間談這種瑣事。我希望在工廠附近找個小牧場；她則喜歡住在市區的公寓，而等我們以後賺了大錢當然就能買高級住宅區的房地產。

我說：「親愛的，那根本不實際，我得住在靠近廠房的地方。而且，你有沒有想過，住城市公寓怎麼照顧公貓？」

「喔，關於這點呀！聽我說，親愛的，我很樂意你終於提到這件事。我最近一直在研究貓，我眞的很用功。我們可以把牠閹了。那麼牠就會溫和多了，而且也絕對會樂意住在公寓裡。」

我盯著她看，簡直無法相信自己親耳聽到的話。把那個老戰士變成太監？把牠變成壁爐邊的裝飾品？「貝麗，你不知道自己在說什麼！」

她對我發出嘖嘖的聲音，用那種「媽媽最清楚」的口氣講一些陳腔濫調的論點，說有些人都犯了把貓當成財物的錯誤，說什麼這不會傷害牠啦，其實是爲了牠好，她知道牠在我心目中的地位，而且她絕對不會想讓我失去牠，手術其實非常簡單，也相當安全，而且對大家都比較好。

我打斷她的話。「你爲何不也爲我們兩個都做安排呢？」

「你說什麼，親愛的？」

「也幫我安排呀！我會變得更加溫馴，晚上會乖乖待在家裡，而且永遠不會和你爭吵。就像你剛才說的，這不會痛，而且我大概會比現在更快樂。」

她漲紅了臉。「你太離譜了。」

「你也是！」

從此後她再也沒提過這件事。貝麗絕對不會讓意見的歧異惡化成爲爭吵，她會閉上嘴，等待適當的時機。但她也從來不放棄。在某些方面，她有很多貓的特性……也許就是因爲這樣，我才會無法抗拒她。

我也很樂意不再談這件事。在這節骨眼上，我正忙著設計萬能法蘭克。威利和幫傭姑娘一定會讓我們發大財，但我還是有個奇異的念頭，要發明完美的全功能家用自動裝置，多用途的僕役。好吧，就叫它機械人，雖然這是一個被濫用的名詞，而我也不明白怎麼用機械製造一個人。

我想做出一個玩意兒，它能做任何家裡的事，包括打掃和烹飪，但也要做眞正高難度的工作，像是幫嬰兒換尿片，或是換掉打字機的色帶等。雖然已有一大群幫傭姑娘和擦窗威利，還有育嬰保姆、哈利小廝和花園阿丁等等，但我還希望一對夫婦有能力買一台機器，只要花費大約一輛好車的價格，就能得到書上看過，但我們這一代的人從來沒見過的那種華裔僕佣。

要是可以做得到，這就會成爲「第二次解放宣言」，將女人從古老的奴隸勞動中解放出來。我希望推翻「女人的工作永遠做不完」的老諺語。家務是重複、不必要且單調沉悶的工作，這讓身爲工程師的我覺得並不舒服。

如果要用相當一名工程師的能力來解決問題，萬能法蘭克幾乎全部都要採用標準零件，而且絕對不能涉及任何新的運作方式。基礎研究不是一個人做得來的工作，這必須從前人已經建立的技術中開發出來，否則我根本做不到。

幸好，工程學方面已經有很多前人的技術，而且在Ｑ級許可的身分下，我也不曾平白浪費時間。我要的東西沒那麼複雜，不像導向飛彈需要做到的那樣。

到底想要萬能法蘭克做什麼？答案是：人類在家裡能做的任何工作。他不必學會打牌、做愛、吃東西或睡覺，但他的確必須做打牌之後的清理工作，要烹飪、舖床和照顧嬰兒，而且至少必須留意嬰兒的呼吸情形，萬一有什麼變化就立刻叫人；但它不必接電話，因爲ＡＴ＆Ｔ已經有出租一種接聽電話的玩意兒了；它也不需要去應門，因爲大多數的新屋子都裝設了門鈴對講機的設備。

但要做到我要他做的許多事，它就必須有手、眼睛、耳朵，還有個腦子，而且腦子要夠好。

手的部份，可以向爲幫傭姑娘供應手部的同一家原子工程設備公司訂購，只不過這次我要最好的，加上較大的伺服電動機，還要有靈敏的反應系統，它還可以做微量分析操縱和放射性同位素過磅的水準。那家公司也能供應眼睛，甚至可以做得比較簡單，因爲法蘭克不必像在核能電廠的機械那樣，必須從幾公尺的混凝土防護後面觀察和操縱。

至於耳朵，有十幾家無線電和電視零件供應商可以挑選。不過，若要像人類的手用視覺、聽覺和觸覺反應同時控制那樣，我可能得做一些電路設計來控制它的手部活動。

不過，只要有了電晶體和印刷電路，你就能在小小的空間裡做一大堆的事。

法蘭克不必用折梯。可以把它的頸子做得像鴕鳥那樣伸縮，讓它的手臂能像懶人夾那樣延長，或者應該讓它能夠上下樓梯嗎？

嗯，有一種電動輪椅可以做到。也許我應該買一台，用來當作底座，把試驗模型限制在不比輪椅大的空間，也不能超過這種輪椅的載重，如此可以提供一組參數，而把它的動力和方向操縱連接到法蘭克的腦子。

而腦子是眞正的大障礙。你可以建造出一個玩意兒，讓它有像人類的骨架或甚至更優良的環節。你可以給它一個夠好的反應控制系統，能打釘子、刷地、把蛋敲破，又不會把蛋敲破。但除非它像人類那樣，有兩耳之間的那團東西，否則就不能算是人，甚至連屍體也算不上。

幸好我不需要有個人腦，只要一個聽話的傻瓜，能夠處理大半是重複工作的家務即可。

對此，索氏記憶管可派上用場了。我們用來反擊的洲際飛彈，即是用索氏管「思考」的，而洛杉磯等地的交通控制系統，則使用比較笨的那一型。這不需要細述電子管的理論，甚至貝爾實驗室也不太需要，重點是，你可以把一根索氏管掛進某個控制電路，透過手動控制的操作來指示機器，這管子就會「記住」先前做過的事，並且可以指揮這項操作，而不必要人類監督第二次，甚或第三次或更多。這對一般自動化機械工具來說就夠用了，對於導向飛彈以及萬能法蘭克，你就加進一些副電路，賦予機器「判斷」的能力就夠了。這其實不是判斷（在我看來，機械根本不可能有判斷力）；這裡的副電路是一種搜尋電路，它的程式會說：「在如此這般的限制範圍內尋找某某事物，當你找到它的時候，就執行你的基本指令。」基本命令有可能非常複雜，甚至得塞進一整個索氏記憶管，這的確是非常寬廣的限制！而且你可以設計程式，只要事情不符合當初銘印在索氏管裡的循環程序，你的「判斷」電路（就像坐在汽車後座，指揮司機開車的低能白癡）隨時可以中斷基本指示。

這就意味著，第一次你需要花一點工夫，引導萬能法蘭克清理桌面、收拾碗盤，把東西裝進洗碗機，而從那時候起，它就可以處理日後碰到的任何髒碗盤。更妙的是，只要在它的腦袋裡塞進一根以電子方式複製的索氏管，那麼在第一次碰到髒碗盤的時候，它就可以處理，甚至而且永遠不會打破盤子。

只要在第一個管子旁邊放進另一個「已有記憶」的管，它在第一次就能幫嬰兒換掉濕尿片，而且永遠、絕對、怎樣也不會讓別針扎到嬰兒。

法蘭克的呆頭中可以輕鬆塞進一百支索氏管，每支管子都有不同家務工作的一種電子「記憶」。接下來，就在所有的「判斷」電路周圍放上一個防護電路，萬一碰上什麼事超出了它的指令範圍，這個電路可以要求它保持不動，叫人來幫忙，如此就不傷及嬰兒或碗盤。

於是，我真的在一台電動輪椅的骨架上造出了法蘭克。它看起來很像一個帽架在和一隻章魚做愛……但是，這好傢伙確能把銀器擦得亮晶晶！

邁爾斯仔細打量第一台法蘭克，看著他調配一杯馬丁尼，端上來，然後繞到旁邊把菸灰缸倒乾淨，擦亮（絕對不會去碰乾淨的菸灰缸），打開窗子，把它固定在開的位置，然後到我的書架那邊撢灰塵，把架上的書排整齊。邁爾斯啜了一口馬丁尼，說：「苦艾酒放太多了。」

「我就喜歡這樣。不過我們告訴它用一種方式調配你的雞尾酒，用另一種方式調配我的，它的腦袋裡還有很多空管子，很萬能的。」

邁爾斯又啜了一口酒。「多久可以讓它上生產線？」

「呃，我希望能用大約十年的時間來調整。」還沒等到他抱怨，我又說：「但是，我們應該能在五年內開始限量生產。」

「胡鬧！我們會找很多幫手給你，六個月就要把測試模型的工作準備好。」

「你敢？這是我的傑作。除非把它修改到整體是優良的作品，否則我不打算放它走，想縮到三分之一大小，除了索氏管之外，其他零件是都可插入替換的，一切都能靈活運用，它不只能耍貓、幫嬰兒洗澡，如果客戶願意付額外程式設計的費用，它甚至還能打乒乓球。」

我看著他，法蘭克正在靜靜地撢掉我辦公桌上的灰塵，把每張紙正確無誤地放回原來的地方。「但和它打乒乓球一定不怎麼好玩，因爲它一個球也不會漏接。不對，我想我們可以用個隨機選擇線路，教他偶爾漏接一個球。嗯！是的，我們可以！我們行的！這會是一個很棒的銷售宣傳手法。」

「一年，丹尼，而且一天也不能多。我打算從羅藝公司請個人來幫你處理風格設計。」

我說：「邁爾斯，你什麼時候才會明白我是工程部門的主管？一旦我把它移交給你，它就是你的……可是在那之前，半秒鐘也不准你動它。」

邁爾斯回應道：「苦艾酒還是放太多了。」

我在工廠機械的協助之下繼續忙著，直到我讓法蘭克看起來不會那麼像是三輛車撞在一起的怪物，而比較像你可能想要拿來向鄰居炫耀的東西。就在這段時間裡，我也解決了控制系統的一大堆小問題。我甚至還教它怎麼摸彼得，用彼得喜歡的那種方式去搔牠的下巴。不過呢，相信我，它造成的負反應，就像原子實驗室裡用的任何東西一樣。邁爾斯並沒有催我，但他不時會進來看看進度如何。我大部分的工作是在晚上做的，常是回公司和貝麗吃晚餐、送她回家之後再回來。然後我會睡上大半天，傍晚才進來，在貝麗準備要我簽的任何文件上簽名，看看工廠白天做了什麼事，然後再帶貝麗出去吃晚餐。在這段時間以前，我不曾試圖做太多事，因爲創意工作讓人變得像山羊一樣討厭。在實驗室工廠努力工作了一夜之後，除了彼得以外，沒有人受得了我。

有一天，就在我們快吃完晚餐的時候，貝麗對我說：「親愛的，你要回工廠嗎？」

「當然。要不然呢？」

「那就好。因為邁爾斯會在那裡等我們。」

「唔？」

「他要開股東會議。」

「股東會議？為什麼？」

「不會太久的。說眞的，親愛的，近來你對公司的業務不怎麼注意。邁爾斯想要處理一些零星的問題，確立一些政策。」

「我一直專心在工程方面。我還應該為公司做些什麼其他事？」

「沒什麼，親愛的。邁爾斯說不會太久的。」

「有什麼麻煩嗎？難道賈克處理不了裝配線嗎？」

「拜託，親愛的。邁爾斯沒告訴我為什麼。把你的咖啡喝完。」

邁爾斯正在工廠等著我們，他嚴肅地和我握手，彷彿我們已經一個月沒見面似的。我說：「邁爾斯，這是怎麼回事？」

他轉身向貝麗說：「去拿議程表過來，可以嗎？」單從這件事，我就應該明白貝麗剛才是在說謊，她說邁爾斯沒告訴她他打算做什麼。但我沒想到這一點，眞是要命，我太信任貝麗了！而且我的注意力也被別件事分散了，因為貝麗走到保險箱那邊，轉動旋鈕，打開箱門。

我說，「對了，親愛的，我昨晚想要開卻打不開。你是不是換了號碼？」

她正在把文件拿出來，頭也不回地說：「我沒告訴你嗎？在上星期那次防盜警報驚嚇之後，巡邏警衛便要我換號碼。」

「喔，你最好把新的號碼給我，要不然，我可能得在某個很不妥當的時間打電話給你們其中一位。」

「沒問題。」她關上保險箱，把一份文件夾放在我們用來開會的大桌子上。

邁爾斯清了清喉嚨，說：「我們開始吧。」

我回答：「好吧。親愛的，如果這是個正式會議，我想你最好做些記錄。好的，一九七〇年十一月十八日星期三，下午九點二十分，全體股東出席，且把我們的姓名寫下來，而會議由董事長D．B．戴維斯主持。有任何舊的議題嗎？」

一件也沒有。「好啦，邁爾斯，該你表演了。有任何新的議題嗎？」

邁爾斯清清喉嚨說「我要檢討公司政策，提出一件未來的計劃，並且請董事會考慮一件融資提案。」

「融資？別開玩笑了。我們有盈餘，而且一個月比一個月好。怎麼回事，邁爾斯？對你的提款帳戶不滿意嗎？我們可以提高。」

「實施新的方案之後，我們就不能留在有盈餘的狀況。我們需要一個更寬廣的資本結構。」

「什麼新方案？」

「拜託，丹尼。我費了很多功夫詳細寫下來。讓貝麗唸給我們聽。」

「嗯……好吧。」

跳過冗長的官樣文章（就像所有的律師一樣，邁爾斯喜歡用花樣繁複的措辭），邁爾斯想要做三件事：第一、把萬能法蘭克從我身邊拿走，交給生產工程小組，立刻準備上市；第二、……但是我一聽到那一點就忍不住開口阻止。「不行！」

「等一下，丹尼。身爲總裁兼總經理，我當然有資格照順序提出我的想法。有話待會兒再說，先讓貝麗唸完。」

「嗯……好吧，不過答案仍然是『不行』。」

第二點實際上就是說，我們應該不能再以小公司的方式運作。我們有大事業，就像汽車業那麼大，而且我們早已搶盡先機，因此我們應該立刻擴大，並且設立管理全國和全世界銷售和通路的大機構，並且要擴大生產部門來配合。

我開始不耐地敲著桌面。我可以想像自己在這種公司當總工程師會是什麼情形。他們大概會連製圖桌都不給我，而且只要我一拿起焊槍，工會就要發動罷工。那我還不如留在軍中，設法一路升到將軍。

但我不再打斷她的話。第三點是，我們不可能用少許資本就能做到這點，這會需要幾百萬元。曼尼克斯企業會拿出錢來，最後的結果是我們會全數賣給曼尼克斯，包括機器、股票還有萬能法蘭克，而變成一家子公司。邁爾斯會留下來當部門經理，而我會留下來當首席研究工程師，但舊日自由的時光不復存在，我們兩個都會變成別人的雇員。

「唸完了嗎？」我說。

「嗯……唸完了。我們來討論一下，進行表決。」

「這裡應該還要有一些條件，同意讓我們有權利能在晚上坐在木屋前面唱聖歌。」

「這不是開玩笑，丹尼。我們勢必要這樣做。」

「我不是開玩笑，就算是奴隸，也需要給他特權，讓他不要吵。好吧，輪到我講話了嗎？」

「請說吧。」

我提出一個反議，某個在我心裡逐漸成形的想法。我希望我們不再從事生產。我們的生產工廠師傅賈克·許密特是個好人，不過我老是會被他從活躍的創意氛圍裡突然拉出來，去工廠處理生產方面的小問題，就像突然被人從溫暖的被窩裡抓起來，丟進冰水裡一樣。我之所以會做那麼多夜間工作，而白天儘量遠離工廠，這才是真正的原因。越來越多人搬進戰爭廢棄建築物，加上一次夜班的仔細思考，我逐漸明白，好日子就快過去了，我不可能再靜下來從事創意工作，即使我們拒絕這個味如雞肋的計劃，不和通用汽車與「聯合企業」（Consolidated）來往。我確實沒有分身，我不可能身兼發明者和生產經理兩個角色。

於是我提議，我們縮小而不要擴大，而把幫傭姑娘和擦窗威利授權出去，讓別人來製造和銷售，我們只要收權利金就好。等到萬能法蘭克準備好，我們也能把它授權出去。如果曼尼克斯想要買授權，也願意開出比市場更高的價錢，那就太棒了！同時呢，我們會把名字改爲戴維斯與根特利研究公司，然後只留下我們三個，頂多請一兩個機械師來幫我處理不成熟的新玩意兒。邁爾斯和貝麗可以輕鬆蹺起二郎腿，數著滾進來的鈔票。

邁爾斯緩緩搖了搖頭。「不行，丹尼。授權會讓我們賺一些錢，沒錯。可是賺的錢比起我們自己做差得多了。」

「算了吧，邁爾斯，我們自己不能這麼做，那才是重點。我們會把自己的靈魂賣給曼尼克斯的人。至於錢，你要多少呢？你一次只能使用一艘遊艇或是一個游泳池……而且，如果你想要，在年底以前就能兩樣東西都可以買到。」

「我不要這些東西。」

「那你要什麼？」

他抬起頭來說「丹尼，你想要發明東西。這個方案讓你可以這麼做，加上所有的設備和所有的助手，以及所有的開支經費。至於我，我想要經營一家大企業，一家眞正的大企業。我有這種天份的。」他看了貝麗一眼，「我不想花一輩子的時間，坐在莫哈維沙漠中，充當一名孤獨發明家的業務經理。」

我盯著他看。「在山迪亞的時候，你不是那樣說的。你想要退出了，老兄？貝麗和我會很不願意見到你離開的……但如果你眞的有那種感覺，我猜我可以把這地方拿去抵押，或是做些什麼來買下你的股份。我不希望任何人有被綁住的感覺。」我當然是非常震驚，但如果老邁爾斯不肯滿足，我也沒有權利逼他跟著我的模式去做。

「不，我不要退出，我要我們成長。你聽到我的提案了。這是個正式的動議，希望公司採取行動，所以我提出臨時動議。」

我猜想，我當時一定是一臉茫然。「你堅持要來硬的嗎？好吧，貝麗，表決是『不行』。記錄下來。但我今晚不會把我的反議提出來。我們會好好討論，交換一下意見。我希望你快樂，邁爾斯。」

邁爾斯倔強地說：「我們正式來表決。開始計票，貝麗。」

「好的。邁爾斯．根特利，表決股票編號……」她唸出股票的序號。「表決意見？」

「贊成。」

她在本子上記錄下來。

「丹尼爾．B．戴維斯，表決股票編號……」她又讀了一串有如電話號碼的數字，我沒有仔細聽這種形式語言。「表決意見？」

「反對，所以這件事解決了。對不起，邁爾斯。」

「貝麗．S．達金，」她繼續唸：「表決股票編號……」她又唸出一堆數字。「我表決『贊成』。」

我驚訝得張大了嘴，然後勉強停止大口喘氣，說：「可是，寶貝，你不能那麼做的！那些是你的股份，沒錯，可是你知道得很清楚……」

「宣布計票結果！」邁爾斯咆哮道。

「贊成佔大多數。提案通過。」

「記錄下來。」

「是的，老闆。」

接下來幾分鐘，我腦中一片混亂。我先對她大嚷大叫，再和她講理，然後我對她咆哮，說她的所做所爲不正當。沒錯，我的確把股票轉讓給她，但是她很清楚，我一向要有表決權，我無意放棄公司的控制權，那只是一項訂婚禮物，就是那麼簡單。眞該死，去年四月的股利所得稅還是我付的。如果在我們訂婚的情況下，她都能要出這種花招，那麼我們的婚姻將會是如何光景呢？

她直視著我，她的臉在我看來十分陌生。「丹尼．戴維斯，要是你以爲在你對我用那種語氣說話之後，我們的婚約還有效，你的愚蠢就超過了我原來對你的瞭解。」她轉身看著根特利。「你可以送我回家嗎，邁爾斯？」

「當然可以，親愛的。」

我本來想說些什麼，然後卻閉上嘴，大步走出去，連我的帽子也沒拿。這也是離開的時候，不然我大概會殺了邁爾斯，因爲我不能碰貝麗。

我當然睡不著。大約凌晨四點，我爬下床，打了幾個電話，同意付出比實際價值還高的錢，然後不到五點三十分，我就開了小貨車到工廠前面。我走到大門口，打算把門鎖打開，然後把貨車開到卸貨區，我就可以把萬能法蘭克拉進後車廂中，但法蘭克的重量有四百磅。

大門上裝了一個新掛鎖。

我攀爬過去，還被有刺的鐵絲網割傷。一旦進到裡面，大門就不會給我任何麻煩了，因為工廠裡有一百種工具能夠處理掛鎖。

但是前門的鎖也換掉了。

我正看著門鎖，判斷到底是用扳手打破玻璃窗比較容易，或是把貨車裡的千斤頂拿出來，塞到門框和門把之間把它撐開。這時突然有人大喊，「喂，你！雙手舉高！」

我並沒舉起手，只是轉過身去。有個中年漢子正用一支巨炮指著我，那東西大到足以炸掉一座城市。「你到底是誰？」

「你是誰？」

「我是丹尼．戴維斯，這家公司的總工程師。」

「噢！」他稍微放鬆了一些，但仍然用那個野戰用迫擊炮瞄準我。「是啊，你符合描述。不過，假如你身上有帶證件的話，最好讓我看一看。」

「我為什麼要聽你的？我問你是誰？」

「我？您不會認得我的。我名叫喬．托德，屬於沙漠保全與巡邏公司，有私人許可證。您應該知道我們是誰的，你們幾個月以來，一直委託我們做夜間巡邏。但是今晚我在這裡是做特別警衛的。」

「是嗎?那麼，如果他們給了你這個地方的鑰匙，就請拿出來用。我要進去。還有，別再用那支喇叭槍指著我。」

他仍然瞄準著我。「我沒有權利那麼做，戴維斯先生。第一，我沒有鑰匙。第二，我曾經收到關於您的特別命令。您不可以進去。我會讓您從大門出去。」

「我要大門打開，沒錯，但我非進去不可。」我看看四周，想找塊石頭敲破玻璃窗。

「拜託，戴維斯先生……」

「唔?」

「我是很不願意見到您堅持要進去，我眞的很不願意。因爲我不能賭運氣射您的腿，我不是很好的射擊手。我非射您的肚子不可。我這鐵管裡裝了軟彈頭，會一塌糊塗的。」

我想大概是這件事改變了我的心意，不過我寧願認爲是別的事，因爲我望了玻璃窗那邊一眼，看到萬能法蘭克已經不在我原先放的地方。

就在托德帶我出大門的時候，他交給我一個信封。「他們說，要是你出現，就把這東西交給你。」

我就在貨車的車廂裡看信。上面寫著：

一九七〇年十一月十八日

親愛的戴維斯先生：

根據董事會在本日召開的例行會議，根據您合約第三條的許可，董事會表決終止您與本公司的所有關係（**除了股東之外**）。董事會要求您遠離公司所在地。您的私人文件與物品，將會以安全的方式轉交給您。

董事會非常感謝您對本公司的貢獻，而政策主張的歧異迫使我們採取此一步驟，董事會也深感遺憾。

邁爾斯．根特利

董事長兼總經理（口授）

B．S．達金，祕書兼會計（記錄）

我讀了兩次，才想起我從來不曾和公司有什麼合約，可以讓他們行使第三條或其他哪一條。

當天稍晚，有個快遞員送了一個大包裹到我放乾淨內衣褲的那家汽車旅館。包裹裡面有我的帽子、我的自來水筆、我的另一支計算尺，一大堆書和私人信件，還有幾份文件。但並沒有我爲萬能法蘭克所做的筆記和圖。

其中有幾份文件頗令人玩味。例如我的「合約」——果眞沒錯，第三條讓他們可以不事先通知就炒我魷魚，只要給我三個月的薪資。但第七條更有意思，這是最新式的「黃狗」條款，也就是要員工同意在五年內不得從事競爭工作，只要前雇主付他現金，以優先取捨的方式選擇是否要他的服務；也就是說，若是我願意，我隨時都能回去工作，只要進去那裡，手上拿著帽子，低聲下氣地請求邁爾斯和貝麗給我一個工作，也許正因如此，他們才把帽子送還給我。

但在漫長的五年時間內，如果不先問問他們，我就不能從事家電設備的相關工作。我寧願割斷自己的喉嚨。

還有全部專利的轉讓文件副本，經過正式註冊的文件，將幫傭姑娘和擦窗威利和幾項小產品的專利權轉讓給幫傭姑娘公司。（當然，萬能法蘭克從來沒申請過專利，嗯，我猜想它從來沒申請過專利，我是後來才查出眞相的。）

但我從來不曾轉讓過任何專利，我甚至不曾把專利正式授權給幫傭姑娘公司使用，這家公司是我自己經營出來的，也似乎不必急著做這件事。

最後三件文件是我的股票證書（我沒有給貝麗的股份）、一張保付支票，還有一封信，解釋支票上的每個項目，包括累計「薪資」減掉提款帳戶支出、三個月額外薪資替代通知，行使「第七條」的選擇權金額以及一千美元的額外獎金，表達「爲公司服務的謝意」。最後一項眞是十分貼心。

重讀那一大批令人驚奇的文件時，我才有機會明白，我大概太不夠機靈了，才會在貝麗放在我面前的任何文件上簽名。毫無疑問，文件上面是我的親筆簽名。

隔天，我勉強鎮靜下來，找一位律師談談這件事，一位非常聰明而且愛錢的律師，他會不擇手段打倒對方。起先，他很想以抽取一定比例服務費的方式接下這個案子。但在他仔細看完我的物證，聽過我說詳細情形之後，他的身子向後一靠，十指交疊地放在肚子上，一臉失望的表情。「丹尼，我打算給你一些建議，而且不會花你一毛錢。」

「怎麼樣？」

「什麼也別做，你沒有希望的。」

「可是你說過……」

「我知道我說過什麼。他們騙了你，但你要怎麼證明呢？他們太聰明了，不曾偷你的股份，或是一毛錢不留就把你踢出去。他們給你的待遇，就是你可以合理預期的那樣，彷彿一切合乎常規，而你辭職了，或是被解雇，一切就像他們表達的那樣，基於對於政策主張的歧異。他們給了你理應得到的一切，再加上微不足道的一千元，只爲了證明沒人對你有反感。」

「可是我根本不曾有過合約！而且我從來不曾轉讓過那些專利！」

「這些文件說明你有。你已承認那是你的簽名。你能找到其他人證明你所說的話嗎？」

我想了一想。當然找不到。甚至連賈克・許密特也不知道管理部門發生的任何事。僅有的證人是……邁爾斯和貝麗。

「再談到那個股份轉讓，」他繼續說，「這是打破困境的唯一機會。如果你……」

「但那是這整堆東西裡唯一眞正合法的文件。我自己將股份轉讓給她的。」

「是的，但這是爲了什麼？你說你把股份送給她當作訂婚禮物，期望她會嫁給你。她怎麼表決都沒有關係，那不是重點。如果你可以證明，那是作爲一項訂婚禮物送給她的，完全是基於對婚姻的期望，而且在她接受股票的時候她是知道的，那麼你可以強迫她嫁給你，或是把股份吐出來，如麥納利對羅茲的案例一般。那麼你就能取回控制權，把他們踢出去。你能證明嗎？」

「眞要命，我現在不想和她結婚，我不想要她了。」

「那是你的問題。不過我們一件一件來。你有沒有任何人證或物證，信函或是任何文件，有可能證明在她接受的時候，完全瞭解你是因爲她是你未來的妻子，才將股份給她的嗎？」

我想了一想。當然，我是有目擊者，又是那兩個人，邁爾斯和貝麗。

「你明白了嗎？只憑你的說詞，對上他們的說詞，加上一堆書面物證，你不但不會有任何進展，更可能會被送進精神病院，因爲醫師診斷你有偏執狂。我能給你的建議，就是找一個其他路線的工作，甚至是最多乾脆挑戰他們的黃狗合約，設立一家競爭企業，只要我不必親自去打這場官司，我倒很想看看那套措辭是否經得起考驗。但千萬別控告他們陰謀詐欺，他們會勝訴，然後反咬你一口，甚至連他們讓你保留的東西也拿得一乾二淨。」他站起身來。

我只接受了他的一部分建議。那棟大樓的一樓有個酒吧，我進去喝了兩杯，甚或是九杯。

在我開車去找邁爾斯的這段時間，我有充分的時間去回想這一切。我們一旦開始賺錢，他就和瑞琪搬到聖菲曼多，租了一個很不錯的小地方，避開莫哈維沙漠要命的悶熱，也開始利用空軍的交通工具通勤。想起瑞琪這時不在那裡，讓我鬆了一口氣，她去了大熊湖的女童軍營，我可不想冒著讓瑞琪目睹我和她繼父爭吵的風險。

當我的車子塞在色普維達隧道裡大排長龍，我才想到，在去見邁爾斯之前，我最好放聰明一點，別把我的幫傭姑娘股份證書帶在身上。我倒不認爲會有什麼肢體衝突（除非是我引起的），但這似乎是個好主意……就像一隻曾經被紗門夾到尾巴的貓，我永遠會起疑心。

把東西留在車子裡嗎？假如我由於人身傷害而被捕，車子很可能會被拖走、扣押，那麼留在車子裡也不怎麼聰明。

我可以把它郵寄給我自己，但我最近的信件都是從郵政總局的存局待領處拿的，這陣子我常常換旅館，因爲他們發現我養貓。

我最好把它寄給某個我可以信任的人。

但符合條件的人選還眞是寥寥無幾。

然後我想起某個我可以信任的人。

瑞琪。

這麼說來，我好像自討苦吃，永遠學不乖，才剛剛吃了一個女性的虧，卻打算信任另一個女性，但這兩者可不能相提並論。我認識瑞琪的時間，已是她年齡的一半，如果說哪裡有個正直的平凡人，瑞琪就是了，連彼得也是這麼想。此外，瑞琪並沒有能夠扭曲男人判斷力的身形。她的女性特徵只到臉上，還沒影響她的體型。

我終於逃離色普維達隧道的車陣，駛下快速道路，找到一家雜貨店，我在那裡買了郵票及一大一小兩個信封和幾張信紙。我寫信給她：

親愛的瑞琪小可愛：

我希望很快就能見到你，但在見到你之前，我要你幫我保管裡面這個信封。這是個祕密，只有你知我知。

我停下來，仔細思考。眞要命！要是我發生了什麼事……喔，甚至出了車禍，或是任何可能停止呼吸的事，那麼，只要這東西在瑞琪手裡，遲早會落到邁爾斯和貝麗手上。除非我想出一些預防措施。我明白了，就在我仔細思考這一切的時候，我的潛意識已經對冬眠這件事做了決定，我不打算冬眠了。我已經清醒過來，再加上醫生給我上了一課，足夠讓我的背脊挺直了，我不打算逃避，我要留下來打一仗，而這張股票證書是我最佳的武器。它讓我有權查閱帳冊，對於公司的任何一切大小事務，我都有資格干涉。要是他們再企圖請個保全人員把我擋在門外，我下一次就可以帶個律師同去，再請一位高級警官拿著法院命令陪同。

甚至我也可以拖他們上法庭。也許我不能勝訴，但我會讓他們不得安寧，也許會使得曼尼克斯的人不敢收購公司。

也許我根本不應該把這東西寄給瑞琪。

不對，萬一我出了什麼意外，我希望把這東西留給她。瑞琪和彼得是我僅有的「家人」。於是我繼續寫道：

假如我經過一年都沒來看你，你就知道我出事了。萬一真的如此，請好好照顧彼得，但願你找得到牠——而且，絕對不能告訴任何人，拿著裡面的信封，去找美國銀行的分行，把它交給信託管理人，請他打開信封。

愛你的

丹尼叔叔

然後，拿出另一張紙，寫道：「一九七〇年十二月三日，於加州洛杉磯，收到一塊錢及其他貴重的補償，我轉讓……」在這裡，我列出了我持有的幫傭姑娘股票的法定資格和序號，呈給「給美國銀行，作爲菲德瑞嘉・維姬妮亞・根特利的信託，並且在她二十一歲生日當天，重新轉讓給她」，然後簽字。這個意向很清楚，而且，站在雜貨店櫃檯前，有個點唱機正對著我的耳朵大聲嚷嚷，當時頂多只能做到這樣。這應該能確保萬一我有個三長兩短，瑞琪一定拿得到股票，同時徹底保證邁爾斯和貝麗不可能從她手上奪走。

但如果一切順利，我只要找個機會請瑞琪把信封還給我就行了。我不使用證書背面的轉讓表格，避免讓未成年人把它轉讓回來給我的一切繁瑣的手續，我只需要把另一張紙撕掉就行了。

我把股票證書連同轉讓的字據裝進小信封，把它黏好，再連同寫給瑞琪的信放進大信封，寫上女童軍營的地址和瑞琪的名字，貼好郵票，把它丟進雜貨店外面的郵箱。我注意到四十分鐘後會有人來收信，於是爬回自己車上，覺得無比輕鬆愉快，這並不是因爲我把股票處理好了，而是因爲我解決了比較大的幾項問題。

嗯，或許並沒有眞的「解決」，而是下定決心面對他們，而不是跑得遠遠的，像是爬進洞裡扮李伯……或試圖用各種口味的乙醇類再把他們抹掉。當然，我想要看到公元二〇〇〇年，但只要耐心等待，我一定會看得到……等到我六十歲，仍然夠年輕，或許還能對女孩子吹口哨。一點都不必心急。反正，對一個正常人而言，睡一場長覺就跳到下個世紀也不會讓人滿意，這差不多就像沒看到前面的情節，只看到電影的結局一般。接下來的三十年，我只要隨著新情況的出現，好好享受一切，然後，等到公元二〇〇〇年，就會明白這一切是怎麼回事。

而在這段時間，我打算好好打一架，對抗邁爾斯和貝麗。也許打不贏，但我一定讓他們知道，這一仗他們將打得很吃力，就好像有幾次彼得回到家，全身上下左右都在流血，但仍然大聲強調：「你應該看看另外那隻貓！」

我並不期望今晚的會面能帶來多少成果。最後只會是一場正式宣戰的聲明。我打算讓邁爾斯不得安眠，或者他也可以打電話給貝麗，讓她不得安眠。

# 三

當抵達邁爾斯家的時候，我已經吹起口哨。我不再擔心那兩個寶貝蛋，而且，在剛才的十五哩路上，我的腦袋裡已經出現兩個全新的玩意兒，任何一樣都能讓我發大財。其中一個是製圖機，能夠像電動打字機那樣操作。我猜想，單是在美國，它至少有五萬名工程師，每天彎腰坐在製圖桌前面，十分憎恨這件工作，因爲你會開始傷到腎臟並搞壞你的眼睛。並非他們不想設計，只是這工作實在太困難了。

而如果有了製圖機這個玩意兒，他們就可以坐在寬大舒適的安樂椅上，只要敲敲幾個鍵，就可以讓圖形出現在鍵盤上方的畫架上。同時按下三個鍵，就會有一條水平線出現在想要的位置；按下另一個鍵，就能用一條垂直線把它切開；按下兩個鍵，再連續按兩個鍵，就能畫出一條斜度完全相同的線。

天哪，再多加一點配件的費用，我就能加上第二個畫架，讓建築師能用等角圖來設計（唯一輕鬆的設計方式），連看都不必看，就能讓第二張圖以完美的透視描圖呈現出來。或者，我甚至可以多做點設計，讓那機器只從等角圖就能拉出建築平面圖和立視圖。

這設計的美妙之處在於，它幾乎完全可以用標準零件來製造，而大多數的零件可以從無線電賣場和照相機商店買到。我的意思是，只有控制板的部分除外，而且我相信這也可以湊合出一個裝置，只要買一台電動打字機，把內部機件挖出來，用鍵盤來操作其他線路就行了。一個月就能做出一個粗略的模型，再用六星期的時間來處理小毛病……

但我會暫時把這個想法先收起來，記在腦子裡，我相信自己做得到，而且它會有市場。眞正讓我快樂的事，就是我已經想出一個方法，讓粗劣的老萬能法蘭克更萬能。我對法蘭克的瞭解絕對超過任何人，即使他們找人花一年的時間研究它。而另有一件事他們不可能知道，甚至我的筆記也沒寫出來，就是我所做的每個選擇，都至少有一個可行的替代方案，而且我從前的選擇一向受限於把它想成一個家庭用的僕佣。其實一開始，我就可以丟掉必須把它放在電動輪椅上的限制。從那裡開始，我可以做任何事，只不過我會需要索氏記憶管，何況邁爾斯也不能阻止我去用那些東西，任何想要設計自動控制順序的人，都可以從市面上買到。

製圖機倒不急，我會先忙著做無限多用途的自動機械裝置，能夠用程式設計去做一個人能做的任何事，只要它不需要眞正的人類判斷。

不，我會先湊合出一台製圖機，然後用它來設計百變彼得。「彼得，你覺得怎麼樣？我打算用你的名字來稱呼世界上第一台眞正的機械人。」

「喵咦？」

「別那麼多疑，這可是給你面子。」我已經弄熟了法蘭克，就可以立即利用製圖機設計彼得，眞正去蕪存菁，而且動作要快。我會讓它成為殺手級的電器，三倍威力的魔鬼，在法蘭克還沒來得及上生產線時就能取而代之。要是我運氣夠好，我會使他們破產，讓他們來求我回去。誰教他們殺掉會生金蛋的鵝呢？

邁爾斯家裡的燈亮著，他的車停在路邊。我把車停在邁爾斯車子前面，對彼得說：「你最好留在這裡，夥伴，保護車子。很快大叫三次『站住』，然後衝出去幹掉他。」

「喵，不要！」

「如果你要進去，你就得留在袋子裡。」

「呼嚕？」

「別爭論。如果你想進去，就進去你的袋子。」

彼得只得跳進袋子裡。

邁爾斯開門讓我進去。我們兩人都不想握手。他帶我走進起居室，朝一張椅子指了指。貝麗也在那裡。我沒料到會見到她，但這也不意外。我看著她，露出大大的笑容。「沒想到會在這兒見到你！別告訴我，你大老遠從莫哈維趕過來，只為了來找可憐的我談一談？」喔，我一發作起來簡直就像瘋狗一般，你應該看看我在宴會裡戴起女人帽子的模樣。

貝麗皺起眉頭。「別開玩笑了，丹尼。你要說什麼就快說，說完就滾出去。」

「別催我。我認為這地方很愜意，我的前任合夥人……我的前任未婚妻。我們只差我前任的事業了。」

邁爾斯用安撫的語氣說：「哎呀，丹尼，別抱著那種態度。我們是爲了你好……而且只要你願意，你隨時可以回來工作。我很樂意請你回來的。」

「爲了我好，是嗎？這聽起來好像他們絞死偷馬賊時所說的話。至於回來嘛，你怎麼說呢，貝麗？我可以回來嗎？」

她咬了咬唇。「如果邁爾斯說可以，當然沒問題。」

「好像就在昨天以前，還是『如果丹尼說可以，當然沒問題。』可是一切都會變，這就是人生。還有，我不會回來，夥伴們，你們也不必發愁了。我今天晚上來這裡，只是想查清楚一些事。」

邁爾斯看了貝麗一眼。她回答：「像是什麼事？」

「嗯，首先呢，這場騙局到底是你們倆中的哪一個編出來的？或者是你們一起規劃的？」

邁爾斯緩緩地說：「講這話太難聽了，丹尼。我不喜歡。」

「喔，算了吧，我們就別再拐彎抹角說話了。如果說這話就難聽，做出來的事更難看十倍呢。我是說，僞造合約、僞造專利轉讓，僅是這一條，就會觸犯聯邦法律，邁爾斯，我想他們會每隔週星期三就拿強光打在你臉上。我不確定，不過ＦＢＩ一定可以告訴我。」看到他退縮了一下，我又說：「就在明天。」

「丹尼，你不會愚蠢到去找這種麻煩吧？」

「麻煩？我打算從每一個角度攻擊你們，不論民事和刑事，細數所有的罪狀。你們會來不及應付……除非你同意做一件事。不過，我還沒提到你的第三個小罪狀，竟偷竊我的萬能法蘭克筆記和製圖，還有那個操作模型，即使你們能要求我支付原料的費用，因為我的確是算在公司的帳上。」

「偷竊，胡說八道！」貝麗兇巴巴地說。「你是為公司工作的。」

「是嗎？我多半都是在晚上做的。而且我從來就不是公司的員工，貝麗，你們兩位都知道。我只是從我的股份所賺的利潤中提款作為生活開銷。要是我提出一份刑事訴訟，說他們有興趣要買的東西，包括幫傭姑娘、威利，還有法蘭克，它們從來就不曾屬於公司，而是從我這邊偷走的，曼尼克斯企業會怎麼說？」

「胡說八道！」貝麗又冷冷地說了一次。「你為公司工作，你有合約。」

我仰頭大笑。「聽我說，各位，你們現在不必說謊，這種話就留到法庭的證人席上再說吧。這裡沒有別人，只有我們這幾隻小雞。我真正想知道的是：是誰想出來的？我知道這是怎麼做到的。貝麗，你以前常常拿文件進來給我簽名。如果要簽的文件不只一份，你會把其他的文件放在第一份後面，全部夾好，當然是為了讓我方便，你一向是個完美的祕書，至於那後面的文件，我只看得到要簽名的地方。現在我知道你把一些鬼牌偷偷塞進其中幾份疊得很整齊的文件堆裡。因此，我知道你是詐騙技術部分的實際執行者，邁爾斯是不可能做到的。哎呀，邁爾斯連個字都打不好。可是你們騙我簽的那些文件上的字句呢？是你嗎？我猜不是……除非你曾經受過法務訓練，而你從來沒提過。邁爾斯，你怎麼說呢？一個小小的速記員，能夠把那個美妙的第七條寫得那麼漂亮嗎？還是需要律師的能力？我說的就是你。」

邁爾斯的雪茄早就熄了。他把嘴裡的雪茄拿下來，盯著它看，然後小心翼翼地說：「丹尼，我的老朋友，如果你以為你會讓我們落入圈套，去承認什麼事，你麼你就是瘋了。」

「喔，算了吧；這裡沒有別人。你們兩個怎麼樣都是有罪的。我倒希望認為是那位妖婦來找你，把整件事打點好，計劃妥當，然後在你軟弱的時刻誘惑你。但我知道實情並非如此。除非貝麗自己也是律師，否則你們兩個都有份，無論事前事後都是共犯。你把這些故弄玄虛的字眼寫出來，她把字打好，再設計騙我簽名。對不對？」

「不要回答，邁爾斯！」

「我當然不會回答。」邁爾斯回應道。「他可能有一台錄音機藏在那個袋子裡。」

「我應該準備一台的，」我承認：「可是我沒有。」我把袋子的上蓋打掀開，彼得探出頭來。「你都記下來了嗎，彼得？說話要小心，各位，彼得有大象一般的記憶力。可惜，我沒有帶錄音機，我只是個純真的老呆頭丹尼．戴維斯，從來不會預先謀劃。我一路跌跌撞撞，信任我的朋友……就像我信任你們倆一樣。貝麗是個律師嗎，邁爾斯？或者是你自己蓄意而殘忍地坐下來，規劃要如何誘騙我，搶劫我，而且讓一切看起來完全合法？」

「丹尼！」貝麗打斷我的話。「以他的技術，他可以做得出香菸盒大小的錄音機。也許不在袋子裡，可能就在他身上。」

「這個構想很好，貝麗。下次我會做一台。」

「我也知道，親愛的。」邁爾斯回答。「如果他眞的有，你的口風也太鬆了。當心你說的話。」

貝麗回答了幾個字，那是我從來沒聽過的話。我的眉毛往上一挑。「開始吵架了嗎？竊賊之間已經有麻煩了嗎？」

邁爾斯的脾氣已繃到極限，這是我樂意見到的。他回答：「你說話要注意，丹尼……如果你還希望身體健全的話。」

「嘖嘖！我比你年輕，而且我的柔道是幾年前學的，不像你隔那麼久。再說，你不會開槍打死一個人，你只會用某種假造的法律文件陷害他。我說『竊賊』，意思就是『竊賊』。竊賊兼騙子，你們兩個都是。」我轉身看著貝麗。「我老爸告誡過我，絕對不能說一個淑女是騙子，小甜心，但你不是淑女。你是騙子……也是竊賊……還是個無恥的蕩婦。」

貝麗漲紅了臉，對我做出猙獰的表情，她的美麗外表已消失，露出底下掠食猛獸的模樣。「邁爾斯！」她尖聲說。「難道你打算坐在那裡，讓他……」

「安靜！」邁爾斯命令道。「他的無禮是意料中的事。他的意圖就是激怒我們，讓我們說出會後悔的話。而你現在幾乎就讓他得逞了。所以請你別多話。」貝麗閉上嘴，但臉色仍然很兇悍。邁爾斯轉身看著我。「丹尼，我一向是個講求實際的人，我希望是這樣。在你走出公司之前，我曾經試圖和你講理。我所希望做到的解決方式，是要讓你平心靜氣地接受無可避免的事實。」

「你的意思是，安安靜靜接受強暴。」

「隨便你怎麼說。我仍然希望能夠和平解決。你不可能打贏任何訴訟的，但是，身為律師，我知道能夠不上法庭絕對比打贏官司更好，如果可能的話。你剛才提到，我可以做到某件事來安撫你，告訴我是什麼事，也許我們可以談成一些條件。」

「喔，我正想提這件事。你自己做不到，但或許可以安排。事情很簡單，請貝麗把我先前轉讓給她，作為訂婚禮物的股票轉讓回來給我。」

「不行！」貝麗說。

邁爾斯說：「我叫你保持安靜。」

我看著她，說：「為什麼不行，我的前任親愛的？我聽過律師對這一點提出意見，既然我是考慮到你答應嫁給我的事實，才把股票送給你，那麼你不只在道德上，而且在法律上都必定要歸還給我。那不是一個『免費的禮物』，我相信這種措辭沒錯，而是由於某種預期和約定的報酬才交給你的某種東西，但我卻一直沒收到這個報酬，也就是你這位相當可愛的美女。那麼，請你把它吐出來，怎麼樣，嗯？或者，你已經又改變心意，現在願意嫁給我了？」

她氣得不斷咒罵著。

邁爾斯厭煩地說：「貝麗，你只會把事情弄得更糟。難道你不明白他是故意要惹我們生氣的嗎？」他轉頭回來看著我。「丹尼，如果那就是你來此的目的，你倒不如離開。我想，假如情形就像你所說的，你也許有點道理。可是事情不是這樣。你把股份轉讓給貝麗，是因爲你獲得的利益。」

「唔？什麼利益？那張取消的支票在哪裡？」

「不需要有任何支票。對公司的貢獻，她已超出職責之外的努力了。」

我瞪大了眼睛。「多麼漂亮的說法！聽我說，邁爾斯老兄，假如那是對公司的貢獻，而不是我個人，那麼你一定很清楚這件事，也會希望付給她同樣數量的股票。畢竟，我們的利潤是五十五十平分的，雖然控制權在我手上……或說我以爲是在我手上。別告訴我，你給了貝麗一份同樣大小的股權？」

這時，我瞧見他們互望一眼，我突然有個強烈的預感。「也許你眞的做了！我敢打賭，你一定是做了，否則她根本不肯玩。你說對不對？如果是這樣，你可以用自己的生命打賭，她一定立刻去登記股權轉讓了……而且上面的日期可以證明，我是在我們訂婚的同時把股份轉讓給她的。哎呀，我們訂婚的消息刊登在《沙漠先驅報》，然後，就在你整垮我以及她拋棄我的時候，你就把股份轉讓給她，這一切都是有記錄的事實！也許某個法官眞的會相信我呢，邁爾斯？你有什麼想法？」

我打中他們的要害了！從他們臉上表情的轉變，我可以看得出來，我已經無意中踩到一個他們永遠無法解釋的狀況，也就是我先前根本不可能知道的狀況。於是我再逼著他們……提出另一個大膽的猜想。大膽嗎？不，很合邏輯。「有多少股份呢，貝麗？你爲了和我『訂婚』從我這裡拿的一樣多，是嗎？你爲他做的比較多，你應該得到更多的。」我突然住口。「我就說嘛……我剛才還在納悶，貝麗怎麼會大老遠來到這裡，就只爲了和我說話，我知道她多麼討厭跑這趟路。也許你不是大老遠來的，也許你一直住在這裡。你們兩個同居了嗎？或者我應該說是『訂婚』了呢？還是……你們已經結婚了？」我想了一想。「我敢打賭你們結婚了。邁爾斯，你不像我這麼過分樂觀，我敢拿我的另一件衣服打賭，如果只是婚姻的承諾，你絕對、絕對不會把股份轉讓給貝麗。但你可能會把這當作結婚禮物，而前提是你要取回表決主控權。你不必費事回答，明天我會開始挖掘這些事實。一定也會有記錄可查的。」

邁爾斯看了貝麗一眼，說：「不必浪費你的時間了，見過根特利太太。」

「是嗎？恭喜你們兩位。你們眞的是天生一對。現在就來談談我的股票。既然根特利太太顯然不能嫁給我，那麼……」

「別開玩笑了，丹尼。我已經推翻了你那個荒謬的猜測。我的確將一部分股權轉讓給貝麗，就像你一樣，基於同樣的理由，對公司的貢獻。就像你說的，這些事情是記錄的問題。貝麗和我是在一個多星期以前才結婚的……但是，如果你想去查，你會發現股份登記在她名下已經有一段時間了。你不可能說這些事有關聯的。不是的，她收到我們兩個給的股票，因爲她對公司有重要的價值。然後，在你拋棄她，在你離開公司之後，我們才結婚的。」

這讓我覺得很挫折。邁爾斯太聰明了，不會說出那麼容易查到的謊言。但這其中有件事不太對勁，有一件事還沒弄清楚。

「你們是何時何地結婚的？」

「聖巴巴拉市法院大樓，上星期四。雖然不關你的事，但我還是告訴你。」

「或許不關我的事。股份是什麼時候轉讓的？」

「我不知道確切的日期。如果想知道，你可以自己去查。」

眞該死，若說貝麗眞正嫁給他之前，他已先將股份交給她，這話聽起來實在不像眞的。只有我才會上那種當，這可不合乎他的個性。「有件事讓我很納悶，邁爾斯。假如我找個偵探來追查，是不是有可能發現你們兩個結婚的日期稍微早了一點？也許是在優瑪？還是拉斯維加斯？或者，也許是你們兩個北上雷諾市稅務聽證的那一次？也許我們會發現，有這樣一個結婚記錄，也許有股份轉讓的日期，還有我的專利轉讓給公司的日期，可能會組成一個漂亮的模式。對吧？」

邁爾斯一聲不出，甚至也沒瞧貝麗一眼。至於貝麗，她臉上的憎恨已經到了極點。可是這麼說似乎很合理，所以我決定乘著這個直覺，把它發揮到極致。

邁爾斯只是說：「丹尼，我對你一直很有耐心，也一直努力要安撫你。可是我得到的只有侮辱。所以，我想你該趁早離開。否則，我眞的會用力把你們扔出去，包括你和你那隻長滿跳蚤的貓！」

「帥呀！」我回答：「這是你今天晚上所說的第一句有男子氣概的話。不過，千萬別說彼得『長滿跳蚤』。牠聽得懂人話，而且他很可能咬你一口。好，我的昔日夥伴，我會走人，但我想要做個很短的謝幕致詞，非常短。這大概是我必須對你說的最後一句話。可以嗎？」

「嗯……好吧，長話短說。」

貝麗急切地說：「邁爾斯，我要和你談談。」

他沒轉頭看她，只是打手勢要她安靜。「說吧，越短越好。」

我轉向看著貝麗。「你大概不會想聽這段話，貝麗。我建議你離開。」

她當然留了下來。這正中我的下懷。我回頭看著他。「邁爾斯，我對你倒不怎麼生氣。男人願意爲一個壞女人做的事，遠超乎一般人的想像。如果連參孫和馬克安東尼都避不過，我怎麼期待你能免疫呢？按理說，我不應該生氣，而是應該感激你。我猜我會感激你，是有一點原因的。我的確知道我爲你感到遺憾。」我仔細看著貝麗。「你如今已經得到她，她就是你的問題了，我付出的代價只有一點錢，以及內心暫時的不安而已。可是你要爲她付出什麼代價呢？她欺騙了我，甚至設法說服你，我所信任的朋友，來欺騙我，說不定哪一天她會和哪個新爪牙串連起來，開始欺騙你？下星期嗎？下個月嗎？或是會等到明年呢？非常確定，就像狗改不了吃……」

「邁爾斯！」貝麗尖聲大叫。

邁爾斯氣憤地說。「滾出去！」而我也知道他是認眞的。於是我站了起來。

「我們也要走了。我眞爲你感到遺憾，老夥伴。我們兩個最初都只犯了一個錯誤，而且你和我犯下的錯誤差不多。可是如今只有你一個人要付出代價。而這實在太遺憾了……因爲當時所犯的錯根本是無心之過。」

他的好奇心讓他上鉤了。「你說這話是什麼意思？」

「我們應該會覺得疑惑，這麼聰明、美麗、多才多藝又能幹的女人，怎麼會願意來爲我們工作，領記帳兼打字員的薪水。假如我們當時像大公司那樣採下她的指紋，請人做個例行的檢查，我們可能不會雇用她……而你和我也仍然是好搭檔。」

又擊中要害了！邁爾斯突然轉身看著他的妻子，而她看起來……嗯，說她像「被逼到牆角的老鼠」是不對的，老鼠的外形可不像貝麗。

而我也不可能就此罷休，我一定得趁勢繼續攻擊。我向她走過去，說：「怎麼樣，貝麗？如果我拿了放在你旁邊的酒杯，請人檢查上面的指紋，我會有什麼發現呢？郵局有通緝照片嗎？重大詐欺罪？或是重婚罪？也許爲了錢而和容易上當的笨蛋結婚？邁爾斯是你合法的丈夫嗎？」我彎下腰，拿起酒杯。

貝麗用力拍掉我手裡的酒杯。

邁爾斯對著我大嚷大叫。

我終於玩得太過火了。我實在是笨得可以，沒帶武器就走進危險動物的籠子，然後又忘了馴獸師的第一條原則，我竟然轉身背對她。邁爾斯大嚷大叫，所以我轉過頭去看他。貝麗伸手到她的手提包裡……現在回想起來，她怎麼可能在這時候伸手去拿香菸。

然後，我感覺有根針猛力戳到我身上。

如今回想起來，在我雙膝發軟，開始滑到地毯上的時候，我只有一種感覺，覺得驚愕不已，沒想到貝麗竟然會對我做出這種事。都到這種程度了，我仍然信任她。

# 四

我倒沒有完全不省人事。我只是在那藥剛剛發作時覺得頭暈目眩，原來這藥效發作得比嗎啡還要快。但也只有這樣而已。邁爾斯對貝麗大聲嚷了些什麼話的，同時，在我雙膝軟倒的時候，及時抱住我的胸口，把我抓住。就在他把我拉到一旁，讓我倒在椅子上的時候，那種頭暈目眩的感覺也過去了。

但是，雖然我是清醒的，有一部分的我卻失去感覺。我現在知道他們對我用了什麼類似催眠的藥，如山姆大叔對付洗腦的因應之道。據我所知，我們從不曾在戰俘身上用過，不過那些傢伙在調查洗腦的時候把它攬了出來，於是這東西應運而生，雖不合法卻非常有效。進行爲期一天的心理分析時，他們也使用同樣的東西，但我相信，即使是精神科醫師，也要取得法庭命令才允許使用。

上帝才知道貝麗是從哪裡弄來的。可是，也只有上帝才知道她還騙了多少個其他笨蛋。

但我當時並沒有在想這件事，我什麼事也不想。我只是垂著頭倒在那裡，像棵植物一樣被動，聽著外界發生的一切，看著我眼前的任何事，但即使歌蒂瓦夫人從我前面經過（而且沒有騎馬），在她離開我的視線時，我也不會轉動眼睛。

除非有人叫我看。

彼得跳出袋子，小跑步走到我呆坐著的地方，詢問我到底哪裡不對勁。牠看到我沒有反應，就開始拚命來回挨擦我的小腿，同時還要求我提出解釋。看到我仍然沒有反應，於是牠爬到我大腿上，把牠的前腳放在我胸口，直視著我的臉，想要知道到底什麼事不對勁，要我馬上告訴牠，而且要非常認眞。

我沒有回答，於是牠開始嗚咽。

這才讓邁爾斯和貝麗注意到牠。剛才，邁爾斯把我弄到椅子上之後，他就轉身看著貝麗，很不高興地說：「看看你做的好事！你發瘋了嗎？」

貝麗回答：「鎭定一點，胖子。我們一次解決他，以免後患無窮。」

「什麼？如果你以爲我會幫你犯下謀殺……」

「少廢話！那會是很合乎邏輯的做法……可是你沒有那個膽。幸好現在沒必要了，因爲有了那東西在他體內。」

「你說這話是什麼意思？」

「他現在是我們的乖孩子了。我叫他做什麼，他就會做什麼。他再也不會製造任何麻煩了。」

「可是……天哪，貝麗，你不可能永遠用藥物控制他。一旦他的藥效退去……」

「別再用那種律師的口氣說話。我知道這東西會怎麼樣，你不知道。等到藥效退去，無論我告訴他去做什麼，他都會去做。我會告訴他，永遠不要控告我們，他就永遠不會控告我們。我叫他別再干涉我們的事，如此他就不會再來煩我們。我叫他去非洲的偏遠地區，他就會去那裡。我叫他忘了這一切，他就會忘記……但他還是會記住我叫他做的事。」

我聽著她的話，懂她的意思，但一點也不關心。如果有人大叫「房子失火了！」我會聽得懂，不過我仍然會毫不關心。

「我不相信。」

「你不相信，是嗎？」她用奇怪的表情看著他，「你應該相信的。」

「唔？你說這話是什麼意思？」

「算了，算了。這個東西很有效，胖子。但我們必須先……」

就是在這時候，彼得開始嗚咽。你不常聽到貓嗚咽，你可能一輩子也聽不到。牠們打架的時候不會這樣，無論牠們傷得多麼厲害，牠們從來不會只因爲不高興就這樣。貓只有在極度悲痛之下才會這麼做，牠無法承受這種狀況，可是一切已超出牠的能力範圍，除了哀號之外別無他法。

這種聲音讓人想起傳說中的報喪女妖。而且這聲音也很難忍受，已經達到令人極度不安的程度。

邁爾斯轉過身，說：「那隻討厭的貓！我們得把牠弄出去。」

貝麗說：「殺了牠。」

「唔?你總是激烈過頭，貝麗。哎呀，丹尼會爲了那隻沒用的動物和我們拼命，這比我們奪走他的所有財產還嚴重。來吧……」他轉身拿起彼得的過夜包。

「我會殺了牠！」貝麗兇悍地說。「幾個月來，我一直想要殺了那隻該死的貓。」她看看四周有沒有武器，卻發現壁爐旁邊的一支火鉗，便馬上跑過去拿。

邁爾斯抓起彼得，試圖把牠放回袋子裡。

這裡說的是「試圖」。除了我或瑞琪之外，彼得很不喜歡被人拎起來，而且在牠嗚咽的情況下，要是沒有非常謹慎地安撫牠，我也不會把牠拎起來，一隻情緒激動的貓，就像水銀炸藥一樣敏感。但就算沒有不高興，彼得也不可能不抗議，就乖乖讓人抓住頸背拎起來。

彼得用爪子抓傷了邁爾斯的前臂，牙齒則咬進他右手大拇指多肉的部分。邁爾斯痛得叫了一聲就丟下牠。

貝麗尖聲喊道：「走開，胖子！」就對著牠揮動火鉗。

貝麗的意圖已經夠明顯了，而且她還有力氣和武器。但是她對手上的武器並不熟練，而彼得對牠自己的武器卻熟練得很。牠身子一低，躲過她大弧度的揮動，再從四個方位攻擊她，而她的兩腿各中了兩爪。

貝麗尖叫著，丟下了火鉗。

我沒看到太多其他的精彩部分。我仍然直視著正前方，能看到起居室的大部分，但我看不到那個角度之外的任何東西，因爲沒人叫我看別的方向。所以，我大多是從聲音來瞭解後來的戰況，不過有一次他們回頭通過我的圓錐形可視區域，兩個人追逐一隻貓。然後，情勢逆轉得讓人難以置信，竟然變成兩個人被一隻貓追逐。除了看到那短短的一幕之外，我知道戰況的激烈，都是來自碰撞、奔跑、呼喊、咒罵以及尖叫的聲音。

但我猜想，他們根本碰不到牠的一根貓毛。

那天晚上，發生在我身上最糟糕的事，就是彼得最光榮的時刻，牠那最猛烈的戰役以及最光榮的勝利，我竟然不但沒看到全部的詳情，還完全無法欣賞到任何一點。我看得到也聽得到，但我一點感覺也沒有，在牠無可比擬的關鍵時刻，我竟然麻木不仁。

如今回想起來，心裡竟然湧起我當時感覺不到的情緒。但這是全然不同的事，我永遠被剝奪了這個權利，就像度蜜月時患了昏睡病一樣。

當撞擊聲和咒罵聲戛然而止，沒多久，邁爾斯和貝麗回到起居室。貝麗上氣不接下氣地說：「是誰沒把那個紗門鉤上？」

「是你，別再嚷嚷了，牠已經跑掉了。」邁爾斯臉上和雙手都有血，他輕輕碰了一下自己臉上新鮮的抓痕，卻一點用也沒有。他一定在某個時刻絆了一跤，跌倒在地上，從他的衣服就看得出來，而且他的外套後面也裂開了。

「我會拼命閉上嘴的。你家裡有槍嗎？」

「唔？」

「我要一槍打死那隻該死的貓。」貝麗的狀況比邁爾斯更糟糕，她讓彼得能攻擊到的區域比較多，包括雙腿及露出來的手臂和肩膀的皮膚。我相信她大概有好一陣子不能穿露肩洋裝，而且除非趕快找個專科醫師，否則她很有可能留下疤痕。她看起來像是剛剛和姊妹們狠狠打了一架似的。

邁爾斯說：「坐下！」

她的回答應是否定的意思。「我要殺了那隻貓！」

「那就別坐下。去把你自己洗一洗。我會幫你擦碘酒和別的東西，你也可以幫我。不過別管那隻貓了；我們至少把牠弄掉了。」

貝麗的回答沒什麼條理，但邁爾斯聽懂了她的意思。「你也是，」他回答：「聽我說，貝麗，即使我眞的有槍，我並不是在說我有，而你跑到外面開始射擊，無論你有沒有打到貓，不到十分鐘，你就會把警察引到家裡，到處窺探，問一大堆問題。你難道想要他以那種模樣在我們手裡嗎？」他伸出大拇指，向我這邊比了一下。「而且如果你今晚沒帶槍就跑到屋外，那隻野獸可能會殺了你。」他的臉色更加陰沉。「應該要有個法律禁止飼養那種動物。牠足以構成公共危險，聽聽牠的叫聲。」

我們都聽得見彼得在房子周圍徘徊。這時，他已經不再嗚咽了，牠正在呼號，似乎要求他們挑個武器出去外面，看是要單打獨鬥還是一群人一起上。

貝麗聽著那聲音，不禁打了個冷顫。邁爾斯說：「別擔心，牠進不來的。我不只把你開著的紗門鉤上，我還鎖了後門。」

「我沒有讓它開著！」

「隨便你怎麼說。」邁爾斯四處走動，檢查窗戶是否關緊。不久，貝麗離開房間，邁爾斯也離開了。過了一段時間，彼得終於安靜下來。我不知道他們去了多久，時間對我沒有任何意義。

貝麗先回來。她的妝扮和髮型都很完美，她已經穿上長袖高領洋裝，也換掉了破損的絲襪。除了臉上的護創膠布貼之外，並沒有顯露出這次戰役的成績。要不是她臉上陰森森的表情，而換成其他場景，我大概會覺得她是個賞心悅目的女人。

她向我直走過來，告訴我站起來，於是我站了起來。她迅速而熟練地搜了我全身，還包括褲腰內袋、襯衫口袋，以及大多數外套都沒有的左邊內裡斜口袋。她的收穫不多，因爲我的皮夾內只有少許現金、身分證、駕駛執照之類、鑰匙、小零錢，以及一個抗煙霧的鼻用吸入器、零碎的雜物，還有裝著支票的信封，就是她請銀行簽發並送來給我的保付支票。她把支票翻到背面，看到我寫在上面的指定背書，一臉困惑的表情。

「這是什麼東西，丹尼？打算買保險嗎？」

「不是。」我把其他的一切都告訴她，但我最多只能做到回答她問我的最後一個問題。

她皺起眉頭，把它和從我口袋裡撈出來的其他東西放在一起。然後她看到了彼得的袋子，顯然已想起我用來當公事包的那個夾層，把那夾層打開了。

她一下子就發現我在互助壽險公司簽的十九張表格（一式四份的其中之一）。她坐下來，開始讀這些文件。我站在原來的地方，像個裁縫師忘了收起來的模特兒。

不久，邁爾斯進來了，他穿著浴袍和拖鞋，身上有一大堆紗布和膠帶。他看起來像個剛剛被經理人送出去挨打四流中量級拳擊手。他頭上綁了一條繃帶，像個頭箍，在他的禿頭上前後繞了一圈，彼得一定是在他倒地的時候襲擊了他。

貝麗抬頭看了一眼，揮手告訴他別出聲，指一指她已經看完的那堆文件。他坐下來開始看。他閱讀的速度趕上了她，最後一頁是站在她身後看完的。

她說：「這會讓事情產生不同的變化。」

「你說這話太保守了。這個託付入眠指示是十二月四日，也就是明天。貝麗，他就像莫哈維沙漠日正當中那樣燙手，我們得把他弄出去！」他看了一下時鐘。「他們早上就會來找他。」

「邁爾斯，每次壓力一來，你總是會變成膽小鬼。這是個好機會，也許是我們希望得到的最好機會。」

「你是怎麼想的？」

「這種催眠湯好雖好，卻有一個缺點。假設你在某個人身上打了藥，命令他去做什麼事。行，他就會去做。他按照你的命令去做，他非做不可。但你對催眠懂得多少？」

「不多。」

「除了法律你還懂什麼，胖子？你一點好奇心也沒有。接受催眠後暗示的結果，可能會造成某種衝突……事實上，這幾乎一定會衝突到接受催眠者眞正的意願。最後，他可能因此落到精神科醫師的手上。要是這位精神科醫師夠好，他很可能會查出問題是什麼。只是有一點可能性，丹尼也許會找到一個厲害的醫師，於是解開我給他的任何命令。如果眞的這樣，他就可能惹出一大堆麻煩。」

「眞要命，你還說這種藥一定能成功。」

「我的老天，胖子，對於生活中的一切，你總得冒點風險，這才是其中的樂趣。讓我想一想。」

過了一會兒，她說：「最簡單，也是最安全的事，就是讓他去進行這個他已經準備好要去做的冬眠。他就不會再來煩我們，差不多就等於死了一樣，而且我們也不必冒任何風險。我們不必給他一大堆複雜的命令，然後祈禱他不會脫身，我們只需要命令他去進行冬眠，然後讓他醒過來，把他弄出去……或是先把他弄出去再讓他清醒。」她轉身看著我。「丹尼，你什麼時候要去冬眠呢？」

「我不去。」

「唔？這一堆是什麼東西？」她指著我袋子裡拿出來的紙張。

「冬眠的文件。互助壽險的合約。」

「他瘋了！」邁爾斯說道。

「嗯……他當然是。我老是忘記，他們打了這個藥就不能眞正思考。他們可以聽和講，也能回答問題……不過問題一定要問得對。他們不能思考。」她走到很靠近我的地方，直視著我的雙眼。「丹尼，我要你告訴我冬眠這件事的一切。從頭開始，一路講下來。你的文件都在這裡，你顯然是今天才簽的。現在你又說你不去。把一切都告訴我，因爲我要知道你爲什麼本來要去，而你現在又說你不打算去。」

於是我告訴她。這麼說吧，我可以回答。這得用上好長一段時間，因爲我完全照她的話做，源源本本詳細一路講下來。

「那麼，你就坐在那家免下車的餐廳，然後決定不去冬眠了嗎？你反而決定過來這裡，給我們製造麻煩嗎？」

「是的。」我本來要繼續講下去，講到出城的那段路，告訴她我對彼得說了什麼，以及牠對我說了什麼，告訴她我怎麼停在一家雜貨店，處理我的幫傭姑娘股票，我怎麼開車到邁爾斯家，彼得怎麼不想留在車子裡等，我怎麼……

但她沒有給我機會說下去。她說：「你又改變心意了，丹尼。你很想去冬眠。你打算去冬眠。你絕對不會讓任何事阻礙你去冬眠。懂我的意思嗎？你打算做什麼？」

「我打算去冬眠。我很想去……」我的身體開始搖晃。我一直像根旗桿那樣站著，我猜已經站了一個多小時，沒動過任何肌肉，因爲並沒人叫我動。我開始搖搖晃晃，慢慢倒向她。

她往後跳了一步，厲聲說：「坐下！」

於是我坐了下來。

貝麗轉身看著邁爾斯。「看吧，這就對了。我會反覆強調，直到確定他不會出錯。」

邁爾斯看了時鐘一眼。「他說醫師要他中午到。」

「時間多得很。不過我們最好自己開車帶他去那裡，才可以。不然，眞要命！」

「有什麼麻煩嗎？」

「時間的確太短了。我給了他足夠一整天的份量，因爲我希望讓他快點發作，免得他打我。等到中午，他就會清醒一些，足以騙過大多數人。可是騙不了醫師。」

「也許只要敷衍一下就行了。他的體檢已經在這裡，而且也簽了字。」

「你聽到他剛才說的，醫師向他說了什麼。醫師會再檢查他，看看他有沒有喝酒。這就表示醫師會測試他的反射動作，測量他的反應時間，仔細觀察他的眼睛，喔，這些事情都是我們不想要的。我們可不敢讓醫師做這些事。邁爾斯，這樣行不通的。」

「再隔一天怎麼樣？打電話給他們，說事情有點延誤了？」

「閉上嘴，讓我想一想。」

不久，她開始仔細檢查我隨身帶來的文件。然後，她離開房間，馬上又帶著一個珠寶商人用的放大鏡筒回來，套上她的右眼，把它旋緊，像個單片眼鏡，繼續小心翼翼地檢查每一份文件。邁爾斯問她到底在做什麼，但她不理會他的問題。

不久，她把眼睛上的放大鏡筒取下來，說：「謝天謝地，他們都必須使用同樣的政府官式表格。胖子，把黃頁電話簿拿來給我。」

「做什麼？」

「去拿就是了，我要查清楚某家公司的確切名稱，雖然我知道大致是什麼，可是我想確定一下。」

邁爾斯發著牢騷，還是把文件拿來了。她翻查著電話簿，然後說：「是的，『加州精進保險公司』……而其中還有足夠的空位。我希望它會是『機動』而不是『精進』那就太有把握了，可是我在『機動保險』沒有熟人，而且除此之外，我不曉得他們會不會處理冬眠，我想他們只做汽車和貨車。」她抬起頭來。「胖子，你得馬上開車帶我去工廠。」

「唔？」

「除非你知道有什麼方法能更快弄到一台電動打字機，要有主要字型和碳色帶的那一種。不對，你自己開車出去，把它拿回來，我必須打幾個電話。」

他皺起眉頭。「我開始明白你打算做什麼了。可是，貝麗，這太瘋狂了。這簡直危險得離譜。」

她哈哈大笑。「這是你的想法。在我們合作之前，我就告訴過你，我的關係很好。難道憑你一個人可以敲定曼尼克斯那筆生意嗎？」

「嗯……我不知道。」

「我知道。還有，也許你不知道精進保險屬於曼尼克斯集團。」

「嗯，我不知道。而且我也看不出這會有什麼差別。」

「這就表示我的關係還很好。聽我說，胖子，我以前工作的公司曾經幫曼尼克斯企業處理他們的稅務損失……一直到我老闆出國。不然你以爲我們怎麼能拿到那麼好的交易條件，尤其是在不能保證留住丹尼小子的情況下呢？我知道關於曼尼克斯的一切。不過，請你動作快，去把那台打字機搬回來，我會讓你看看眞正的大師如何工作。還有，小心那隻貓。」

邁爾斯咕噥著發牢騷，但還是出了門，沒過多久卻回來了。「貝麗？丹尼不是把車子停在屋子前面嗎？」

「怎麼啦？」

「他的車子不在那裡了。」他滿面愁容。

「嗯，他大概停在街角。反正這不重要。去拿打字機，快去！」

他又離開了。我本來可以告訴他們我把車子停在哪裡，但既然他們沒問我，我也就沒想到這件事。我根本不會想。

貝麗去了別處，留下我一個人。差不多天亮的時候，邁爾斯回來了，他一臉憔悴的模樣，扛著我們那台沉重的打字機。然後他們又留我一個人在那裡。

有一次，貝麗回到起居室，說：「丹尼，你這裡有一份文件，要保險公司處理你的幫傭姑娘股票。你不想那麼做了，你想要把股票給我。」

我沒有答腔。她面有怒色，說：「我們就這麼說吧，你眞的想要把股票給我。你知道你想要把股票給我。你知道的，對不對？」

「是的，我想要把股票給你。」

「好，你想要把股票給我。你非把股票給我不可。一定要把它給我，你才會覺得快樂。那麼，東西在哪裡呢？是在你的車子裡嗎？」

「不是。」

「不然在哪裡？」

「我寄出去了。」

「什麼？」她的聲音變成尖叫。「你什麼時候寄出去的？你把它寄給誰？你爲什麼要這麼做？」

要是她把第二個問題放在最後，我一定會說出來。但我回答了最後一個問題，我也只能做到這種程度。「我轉讓出去了。」

邁爾斯走了進來。「他把東西放在哪裡？」

「他說他寄出去了……因爲他已經轉讓掉了！你最好去找到他的車子，仔細搜一下，或者他可能只是以爲他眞的寄出去了。去保險公司的時候，他顯然還帶在身上。」

「轉讓掉了！」邁爾斯嚷了出來。「我的天！轉讓給誰？」

「我來問他。丹尼，你把你的股票轉讓給誰？」

「給美國銀行。」她並沒有問我爲什麼，否則我一定會告訴她瑞琪的事。

她只是雙肩一沉，重重歎了口氣。「大勢已去，胖子。我們就別管哪張股票了。要把東西從銀行手中拿走可沒那麼容易。」她突然挺直脊背。「除非他還沒眞正寄出去。如果他還沒寄，我就會把背面的轉讓文字清得乾淨漂亮，你會以爲東西剛從洗衣店回來。然後，他會再次轉讓股票……給我。」

「給我們。」邁爾斯糾正她。

「那只是細節問題，去找他的車子吧。」

邁爾斯過了一會兒才回來，大聲說：「車子不在離這裡六條街以內的任何地方。我找遍了所有的街道，連小巷子也找遍了。他一定是搭計程車來的。」

「你聽到他說的話了，他開自己的車來的。」

「嗯，反正車子不在外面。問他是在何時何地把股票寄出去的。」

於是貝麗問我，我也就告訴他們。「就在我來這裡之前。我投進了色普維達和凡圖拉大道路口轉角的郵筒。」

「你認爲他是在說謊嗎？」邁爾斯問。

「他不可能說謊，尤其是在目前的狀況下。而且他講得太明確了，不可能搞錯的。算了，邁爾斯。也許，在他轉讓之後，結果會是他的轉讓沒有用，因爲他已經把股票賣給我們了……至少我會讓他在幾張白紙上簽名，準備試一試。」

她的確試著取得我的簽名，而我也試著順從她的命令。但以我當時的狀況，我簽名的筆跡實在不夠好，無法讓她滿意。最後，她把一張紙從我手上搶走，咬牙切齒地說：「你讓我倒盡胃口！我簽你的名字都比這個像樣。」然後，她傾身靠近我，緊張地說：「我眞希望我殺了你的貓。」

他們過了很久都沒再來煩我，一直到接近中午才出現。當時，貝麗走進來，說：「丹尼小子，我要給你打一針，然後你就會感覺好多了。你會覺得自己可以起來走動，而且動作就像你平常那樣。你不會對任何人生氣，尤其是對邁爾斯和我。我們是你最好的朋友。我們是的，對不對？你最好的朋友是誰？」

「是你們，你和邁爾斯。」

「可是我還不只是那樣。我是你的妹妹。說出來。」

「你是我的妹妹。」

「好，現在我們要開車出去兜風，然後你會去冬眠。你生病了，等到你睡醒，你的病就會好。瞭解我的意思嗎？」

「是的。」

「我是誰？」

「你是我最好的朋友，你是我的妹妹。」

「乖小子。把你的袖子拉起來。」

我沒感覺到針刺進去，但在她拔出針來的時候卻很痛。我坐起來，聳了聳肩，說：「哎呀，妹妹，好痛呀。那是什麼東西？」

「會讓你覺得好一點的東西。你生病了。」

「是的，我生病了。邁爾斯在哪裡？」

「他等一下就來了。伸出你的另一隻手臂。把袖子捲起來。」

我說：「爲什麼？」但我還是乖乖捲起袖子，讓她再爲我打一針。我跳了起來。

她面露微笑。「不會眞的痛嘛，對不對？」

「唔？沒錯，不痛。這是做什麼的？」

「這會讓你在路上想睡覺。然後，等我們到了那裡，你就會醒來。」

「好，我想要睡覺。我想要睡個長長的覺。」然後，我覺得有點茫然，轉頭看看四周。

「彼得在哪裡？彼得要和我一起冬眠的。」

「彼得？」貝麗說。「哎呀，親愛的，你不記得了嗎？你把彼得送到瑞琪那裡了。她會照顧彼得的。」

「喔，是的！」我咧嘴笑笑，鬆了一口氣。我把彼得送去給瑞琪了，我記得把牠郵寄出去了。這個安排很好，瑞琪很愛彼得，在我睡覺的時候，她會好好照顧牠的。

他們開車帶我出去沙提爾（Sawtelle）的「聯合護眠中心」，許多小型保險公司都用這一家，因爲他們沒有自己的護眠中心。我一路上都在睡覺，但貝麗一對我說話的時候，我就立刻醒來。邁爾斯留在車內，讓她帶我進去。櫃檯的小姐抬起頭來，說：「戴維斯嗎？」

「是的，」貝麗回答：「我是他妹妹。精進保險公司的業務代表到了嗎？」

「請您到處理區的九號房去找他——他們已經準備好，就等你們了。你可以把文件交給精進的人。」她很關心地看著我。「他做完體檢了嗎？」

「喔，做完了！」貝麗請她放心。「我哥哥在治療的時候耽擱了，你知道。他服用了大量鎮定劑……止痛用的。」

那位接待員發出十分同情的感歎聲。「那就趕快帶他進去。穿過那道門，然後向左轉。」

在九號房裡，有個穿著平常衣服的男人，還有一個穿白色連身工作服的男人和一個穿護士服的女人。他們幫我脫掉衣服，像對待白痴小孩那樣對我，同時，貝麗再次向他們解釋我服用了止痛的鎮靜劑。等到他脫光我的衣服，讓我在檯上躺平，穿白色工作服的男人就按摩了一下我的肚子，用手指深深壓進去探探看。「這一個沒問題，」他大聲說：「他是空的。」

「他從昨晚就沒吃或喝任何東西。」貝麗說。

「那很好！有時候，他們進來這裡，肚子飽得像耶誕節的火雞。有些人一點概念也沒有。」

「沒錯，確實如此。」

「嗯，行了，年輕人，握緊拳頭，好讓我把這支針打進去。」

我聽話照做，一切開始變得非常朦朧。我突然記起什麼事，掙扎著想坐起來。「彼得在哪裡？我要看到彼得。」

貝麗捧著我的頭，吻了我一下。「哎呀，好哥哥！彼得不能來，你忘了嗎？彼得必須留在家裡陪瑞琪。」我安靜下來，而她則輕聲對其他人說：「彼得是我們的大哥，他的小女兒生病在家。」

我睡著了。

不久，我就覺得非常冷。但我動彈不得，根本抓不到被子。

# 五

我正在向酒保抱怨空調問題，冷氣實在開得太強，我們都快感冒了。「沒關係，」他要我放心，「等你睡著就感覺不到了。睡吧……睡吧……今晚有例湯，有甜美的睡眠。」他長著一張貝麗般的臉。

「不然，來點熱飲如何？」我繼續問。「來個蛋奶熱甜酒好嗎？或是來個熱奶油肉包呢？」

「你是個肉包！」有個醫師回答。「睡覺眞是太便宜他了，把這個肉包丟出去！」

我試著用腳勾住黃銅圍欄，想要阻止他們。但這家酒吧沒有黃銅圍欄，這似乎很奇怪，而我仰身平躺，這似乎更奇怪，除非他們爲沒有腳的人特別提供了床邊服務。我沒有腳，所以我怎麼可能勾住黃銅圍欄呢？我也沒有手。「看哪，喵，沒有手！」彼得坐在我胸口上，不停嗚咽。

我又回到新兵的基本訓練……，一種進階基本訓練，一定是那樣，因爲我發現自己身在海爾新兵訓練營，正在接受其中一種愚蠢的操練，他們會在你的頸子上丟雪球，要讓你變成眞正的男人。我必須去爬科羅拉多州最高大的山，山上全都是冰，而且我沒有腳。然而，我正背著最大的背包，我記得他們想要研究能不能用大兵來代替馱東西的騾子，而他們挑中了我，因爲我是廉價勞力。要不是小瑞琪在我身後幫忙推，我根本不可能做到。

那個士官長轉過身，他的臉就像貝麗的臉，而且他的面孔氣得發紫。「快點，你！我可不能等你。我不在乎你是否做得到……但除非你到達那裡，否則不准睡覺。」

我沒有腳，不可能再往前走，於是我摔倒在雪地裡，地上的冰還比較暖，我就眞的睡著了，只留下小瑞琪傷心痛哭，要我千萬別睡著。但我非睡不可。

我和貝麗在床上醒來。她正搖晃著我，說：「醒來，丹尼！我不能等你三十年，一個女孩總是要爲她的未來打算。」我試著要起來，把藏在我床底下的幾袋黃金交給她，但她已經走了……然後，不知爲何，一台有著她面孔的幫傭姑娘早已撿起所有的金子，放進上方的托盤，便匆匆跑出房間。我試著追出去，但我沒有腳，這時我才發現自己根本沒有身體。「我沒有身體，也沒人在乎我……。」這個世界到處都是士官長和辛苦的差事……所以你工作的地點和方式又會有什麼差別？我讓他們繼續捉弄我，然後爬回去那座冰山。山上一片雪白，有美麗的圓弧線條，而且只要我能爬上那座玫瑰色的山頂，他們就會讓我睡覺，而我只需要睡眠。但我根本做不到……沒有手，沒有腳，什麼也沒有。

山上有森林大火。雪沒有溶解，但我感覺到上方有熱浪襲來，不停衝擊著我，而我只能不斷掙扎。那個士官長彎著身看著我說：「醒來……醒來……醒來。」

他才剛把我喚醒，就要我再去睡。我有好一陣子迷迷糊糊的，不曉得發生了什麼事。有一部分的時間，我好似躺在一張檯子上，我身體下方的檯子輕輕震動著，此外還有燈光和形狀彎彎曲曲的設備，還有一大堆人。但是，等到我完全清醒，我人躺在醫院的病床上，感覺還好，只有那種無精打采的輕飄飄的感覺，彷彿剛洗過土耳其浴似的。我的手腳似乎又長回來了，可是沒人肯和我說話，而且每次我試著要問問題，就會有個護士把什麼東西塞進我嘴裡，而有人一直在幫我按摩。

然後，有天早上，我覺得很好，一醒過來就爬下床。我覺得有點頭暈目眩，但就這樣而已。我知道自己是誰，知道自己怎麼去到那裡，也知道其他的東西都只是夢境。

我知道是誰把我丟到那裡的。如果在我當時藥性發作之後，貝麗的確給了我一些命令，要我忘了她的欺騙行爲，可能是我沒有接受命令，也可能是三十年的冬眠已經洗掉了催眠的作用。我對於某些細節是有點模糊，但我知道他們是如何強行把我弄進冷藏櫃的。

我對這件事倒不特別生氣。沒錯，事情是「昨天」才發生的，因爲昨天就是你睡一覺之前的那一天，但這一覺竟睡了三十年之久。這種感覺無法形容得很明確，因爲這是完全主觀的，不過，雖然我的記憶對於「昨天」的事件還很鮮明，但我卻覺得那些事件非常遙遠。像是電視上的棒球投手用力一拋，你看到鏡頭往後拉向整個棒球場的內野，但他的影像還留那裡，重疊在遠拍畫面的上方，這種情形你見過吧？有點像那樣……我有意識的記憶非常逼眞，但我的情緒反應卻像很久以前在很遠的地方發生的事。

我的確打算找到貝麗和邁爾斯，把他們剁碎，做成貓食，不過這件事倒不急。明年也可以，此時此刻的我，只渴望看一看二〇〇〇年。

但既然談到了貓食，彼得在哪裡呢？牠應該在附近的什麼地方……除非那個可憐的小傢伙沒有活過冬眠。

直到此刻，我才想起原本費盡心思要帶彼得一起來的計劃已經受到破壞。

我把貝麗和邁爾斯從「暫緩」的籃子拿出來，移到「緊急」的框框裡。他們竟然試圖殺害我的貓？

他們做的事比殺死彼得更糟糕，他們讓牠變成野貓……牠悲慘的餘生淪落在後巷流浪，尋找殘羹剩飯，牠的身體越來越瘦，而牠那可愛調皮的天性也走了樣，變得不信任所有兩條腿的野獸。

他們讓牠死掉，牠這時應已經死了，牠死的時候或者還以為是我遺棄了牠。

他們要爲此付出代價……如果他們還活著的話。喔，我多麼希望他們還活著，這種感覺眞是無法形容！

我發現自己站在病床的腳邊，緊抓著床欄穩住自己，而身上只穿著寬大的睡衣。我看看四周有什麼可以叫人的辦法。醫院病房沒變太多。房間沒有窗戶，所以我看不到燈光是從哪裡來的，病床又高又窄，就像我記憶中的醫院病床，但有一些跡象顯示它已經不是專爲睡覺而設計，且先不說別的，床的下方似乎有某種水管，我猜那可能是個機械化的便盆，而側邊的桌子則是病床結構的一部分。不過，雖然我對這類機械組合通常有強烈的興趣，但此時此刻我只想找到那個呼叫護士的梨形開關，我想穿上自己的衣服。

開關不見了，它已經變成另一個樣子，一種按壓式的開關，位於那個不像桌子的桌子側邊。我伸手進去找，終於發現了它，而如果我躺著，就會在我的頭部正前方看到這個燈。這時候，燈上有幾個字：「服務呼叫」。按下去之後，上面的字一閃，幾乎立刻換成：「請稍候」。

沒多久，門靜悄悄向一旁打開，有個護士走了進來。護士沒變多少。這一位長得相當可愛，有類似操練士官的那種一板一眼的規矩，她淡紫色的短髮上戴著漂亮的小白帽，身上穿著白色制服。制服的剪裁式樣很奇怪，身體該包住和露出來的部分和一九七〇年時並不一樣，可是女人的服裝，甚至連工作時穿的制服總是這個樣子。她仍然可能是任何年代的護士，只要看到她的態度就絕對不會錯。

「你回到床上！」

「我的衣服在哪裡？」

「回到床上！快回去！」

我試著和她講理，「聽我說，護士小姐，我是個自由公民，超過二十一歲，而且也不是罪犯。我不必回到那張床上，而且我也不打算回去。現在，你打算告訴我衣服在哪裡，還是我該就這樣走出去，開始去找衣服呢？」

她看著我，然後突然轉身走出去，房門打開讓她出去。

但門卻不肯打開讓我出去。我還在努力研究這個巧妙的裝置是怎麼回事，相當確定如果有一名工程師想得出來，另一個工程師就能把它破解掉。就在此時，房門又打開了，有個男人走了進來。

「早安，」他說：「我是埃勃赫特醫師。」

在我看來，他身上的衣服像是哈林區星期天和郊遊的混合體，但他那輕快的動作和疲倦的雙眼，讓我相信他是個專業人員，我相信他。「早安，醫師。我希望能穿上自己的衣服。」

他向房裡走了一小步，剛好夠讓房門在他背後滑到適當位置，就伸手到自己的衣服裡，拿出一包香菸。他拿出一根菸，迅速在空中揮了一下，放進自己嘴裡，開始噴煙圈，菸已經點燃了。他把菸盒遞給我。「要來一根嗎？」

「呃，不用，謝了。」

「來吧，對你沒有損失的。」

我搖了搖頭。我一向是在煙霧瀰漫的環境裡工作，從滿出來的煙灰缸，以及香菸在製圖桌上燙的黑印，就可以判斷我工作的進度。這時候看到煙讓我覺得有點暈，不曉得我的尼古丁癮是不是在睡著的這些年裡就戒掉了。「還是一樣要謝謝你。」

「好吧，戴維斯先生，我在這裡六年了。我是個專科醫師，專長是催眠學、復甦，以及類似的領域。在這裡和在別的地方，我已經協助了八千零七十三位病人從低溫狀況恢復到正常活力，而你是第八千零七十四號。我曾經看過他們醒來的時候做出各種奇怪的事，特別是對外行人來說會很奇怪，對我可不會。其中有些人想要立刻回去睡，我試著讓他們保持清醒，他們還對我大呼小叫。有些人眞的又回去睡，我們只好把他們送到另外一種機構。有些人開始哭個不停，因爲他們明白這是單向的旅程，要回家已經太遲了，無論他們是哪一年開始冬眠的。而其中有些人，就像你，一醒來就叫人拿自己的衣服，想要跑到街上去。」

「嗯？爲什麼不行呢？我難道是犯人嗎？」

「不是，你可以穿上自己的衣服。我猜想，你會發現衣服已經退流行了，但那是你的問題。然而，在我請人去拿衣服的同時，你是否介意告訴我，到底什麼事有那麼緊急，讓你非得此時此刻就去處理不可……而你卻已等了三十年？是的，這就是你處在低溫狀態下的時間經過的三十年。眞的有那麼緊急嗎？待會兒再去可以嗎？或者甚至明天呢？」

我差點脫口說出事情緊急得要命，但接著卻停了口，面有愧色。「也許沒那麼緊急。」

「那就幫我一個忙，你能不能先回到床上，讓我爲你做個檢查，然後吃個早餐，也許和我談一談，你再到外面到處走走？我也許還能告訴你朝哪個方向走。」

「呃，好吧，醫師。對不起，給你添了麻煩。」我爬回床上。躺下來的感覺不錯，我突然又疲憊又緊張不安。

「不麻煩。你應該看看幾個我們處理過的病人。我們得把他們從天花板上拉下來。」他把我身上蓋的被子拉好，然後彎身對著床邊的小桌子說：「我是埃勃赫特醫師，在十七號房。派個病房勤務員送早餐過來，呃……減量四號餐。」

他轉身對我說：「翻個身，把衣服拉起來，我想聽聽你的胸腔。在我爲你做檢查的同時，你可以問問題，如果你想問的話。」

在他戳著我肋骨的同時，我試著要思考。我猜他用的是一個聽診器，不過那看起來像個微型的助聽器。顯然他們有一件事還是沒改進，他戳在我身上的聽診器還是像以前那樣冷冰冰硬梆梆。

經過三十年，你要問些什麼？人類登陸其他星球了嗎？這次又是誰在編造理由，要發動「終結戰爭的戰爭」呢？嬰兒從試管出來了嗎？「醫師，電影院的大廳還有賣爆米花的機器嗎？」

「我上次去看的時候還有。我沒多少時間做這種事。順便提一下，現在叫做『抓緊』，不叫『電影』了。」

「是嗎？爲什麼？」

「親自試一試，你就明白了。不過記得要繫好安全帶，有幾個場景，他們會突然把整個戲院變成零重力。聽我說，戴維斯先生，我們每天都會碰到這種同樣的問題，也訂出了例行的程序。我們爲不同年份冬眠的人準備了調整辭彙表，對照歷史與文化摘要。這是非常需要的，因爲無論我們多麼努力減輕這種衝擊，適應不良還是可能很嚴重。」

「呃，我想也是。」

「絕對是，尤其像你這種極端的時間差距長達三十年。」

「三十年是最大限度嗎？」

「可以說是，也可以說不是。在我們有處理經驗的例子裡，最長的是三十五年，從一九六五年十二月自從第一位商業委託人在放入低溫狀態之後。你是我所喚醒的冬眠人之中睡得最久的。但我們目前握有一只合約長到一百五十年的客戶。像三十年這麼長的時間，他們根本不應該接受你，因爲當時知道的還不夠多。他們拿你的生命賭很大的風險，你算是幸運的。」

「眞的嗎？」

「眞的。翻個身。」他繼續診察我，又說：「但是，我們有了如今的知識，如今我會願意幫一個人準備千年的跳躍，只要有辦法處理資金的問題……把他保持在和你一樣的溫度，放上一年，只是檢查，然後在一毫秒內就把他急凍到零下兩百度。他會活下去的，我認爲。我們來試試你的反射動作。」

我倒不覺得那個「急凍」的事聽起來有什麼好。埃勃赫特醫師繼續說：「坐起來，交叉雙腿。你不會覺得語言問題有困難。當然，我是很小心地用一九七〇年的辭彙來聊天，儘量能夠用適合的語言和任何一位病人打開話匣子，這點讓我覺得相當自豪，我曾經做過相關的催眠學習。但是，不必一個星期，你就可以完全用當代的習慣用語講話，其實只是多了一些辭彙而已。」

我本來想告訴他，他至少用了四次一九七〇年時不用的辭彙，或至少用法不是那樣，但後來我覺得這實在不禮貌。「暫時就這樣。」過了一會兒，他說：「順便提一下，蕭茲太太一直試圖和你聯繫。」

「唔？」

「你不認識她嗎？她強調說她是你的一個老朋友。」

「蕭茲……」我喃喃唸著。「我想我在不同時期曾經認識好幾個『蕭茲太太』，但我唯一想得起來的是我小學四年級的老師。但她應該已經死了。」

「她也可能冬眠。嗯，你可以等一陣子，覺得準備好了再回電給她。我會簽字讓你出院。但如果你夠聰明，就會在這裡多留幾天，好好吸收重新適應的資訊。我晚一點會再來看看你。那就『二十三，溜啦！』就像他們在你的時代常說的那樣。嗯，勤務員幫你送早餐來了。」

我相信他當醫師會比語言學家稱職。但是在我看到那個機器勤務員的時候，我就不再想這件事了。它適時的滑了進來，小心翼翼地避開埃勃赫特醫師，而醫師則是直走出去，一點都不注意它，而且醫生根本沒打算避開。

它嫻熟的滑了過來，把安裝在床側的桌子調整好，轉到我面前，把桌面打開，然後把我的早餐放在桌上擺好。「要我幫您倒咖啡嗎？」

「是的。」我並不是眞的要它倒咖啡，因爲我比較喜歡在吃完其他東西之後仍然有熱騰騰的咖啡。而且我想看看它倒咖啡的樣子。

我眞是太高興了，簡直令人目眩神迷……這是萬能法蘭克！

它並不是邁爾斯和貝麗從我身邊偷走的那台不夠成熟組合所湊合出來的第一個模型，當然不是。這機器像第一代法蘭克的程度，差不多就如同渦輪跑車和第一輛不必用馬的車一樣。但人總是會知道自己的作品的。我設計了基本的模式，而這台機械人乃是必然進展的結果……法蘭克的曾孫，它變得更進步、更漂亮且更有效率，當然是來自相同的血統。

「還有別的事嗎？」

「等一下。」

我顯然說錯了話，因爲這台機械從機體內拿出一大張硬塑膠片，把它交給我。這張塑膠片則是用一條細細的鋼鍊繫在它身上。我看著那張膠片，發現上面印著：

語音命令型：勤勞夥計十七代A

重要事項！！本自動機械人不瞭解人類語言。它只是一台機器，毫無理解能力。但為了您的方便，它的設計可針對一系列的語音命令而做出反應。它會忽略在它面前所說的任何其他事，或（如果有任何語句啟動不完全，或是產生電路矛盾的情形）請拿出這張說明卡，仔細閱讀。

謝謝！

阿拉丁自動工程公司，製造勤勞夥計、威力抹、製圖阿丹、建築工、綠拇指及保姆。訂製機械設計師暨自動化問題諮詢顧問

「隨時為您服務！」

廣告詞底下是他們的商標，畫的是阿拉丁摩擦油燈，燈神則是半身模樣。

其中有一大串簡單的命令，包括停、去、要、不要、慢一點、快一點、過來這裡、叫護士……等等。然後，有個比較短的清單，列出像是擦背等醫院裡常見的工作，也包括了一些我從來沒聽過的命令。當中有一段突然不見，但加了一句話：「第八十七到第二四二條程序僅供醫院人員使用，故命令語句不列在此。」

我沒有爲幫第一代萬能法蘭克設定語音控制碼，這只須敲打控制面板上的按鈕。倒不是因爲沒有想到，而是因爲這種用途的分析器和電信設備的重量、材質和成本，都比第一代法

蘭克的整個機體重多了，因此沒什麼好說的了。我相信自己一定先得去瞭解微型化和簡化的一些創新技巧，才有可能準備好重新從事工程行業。但我迫不及待想要開始，因爲從勤勞夥計身上，我看出太多新的潛在價值，會比從前的任何時候更好玩。工程學其實是實用的藝術，而且比較需要的是科技進步的整體水準，而不是個別工程師的設計。好比當鐵路建設的時代來臨，自然是建設鐵路的成熟時刻，而在這之前則不行。再看看可憐的蘭利教授，他設計的飛行機本來應該能飛的，他眞的很有才華，也投入了必要的創造力，但讓他傷透了心，只因早了幾年，而無法享有他當時需要卻得不到的飛行的藝術。或者再看看偉大的雷歐納多・達文西，更是遠遠超過他的年代，他最才華洋溢的概念在當時也根本建造不出來。

我在這裡（不，我是說「現在」）一定會很好玩。

我把說明卡還給它，然後下床想找找看它有沒有資料板。我有幾分盼望看到那張須知最底下有「幫傭姑娘」的字樣，於是我開始納悶「阿拉丁」是不是曼尼克斯集團的子公司。除了型號、序號、製造廠外，資料板上並沒有提供太多其他的資訊，但的確列出了專利，大約四十個。而最早的那一個，實在太有意思了，竟然是在一九七〇年……幾乎可以確定是以我的原始模型和製圖爲基礎。

我在桌上找到一枝鉛筆和便條紙，匆匆寫下第一個專利的編號，但我的興趣純粹是在發明才智方面。即使眞的是從我這邊偷走（我確信一定是那樣），也早在一九八七年就已經到期，除非他們已經改了專利法，但也只有在一九八三年之後授予的專利還在效期內。可是我眞的很想知道。

機器人身上有個燈光亮了，它說：「有人在呼叫我。我可以離開嗎？」

「唔？當然可以。快走吧！」它又要伸手去拿那張命令說明卡，我連忙說：「快去！」

「謝謝！再見。」它從我身邊繞過去。

「謝謝你！」

「不客氣。」

幫這玩意兒輸入語音回應的人，有一種讓人聽起來很舒服的男中音語調。

我回到床上，開始吃早餐，我把它放在那裡等它變涼，不過卻發現食物沒有變涼。減量四號早餐大概夠餵一隻中等體型的鳥，但我發現那樣就夠了，雖然我本來非常餓。我猜我的胃收縮了不少。直到我吃完東西，我才想起這是我幾十年來吃到的第一口食物。我那時才注意到，因爲他們放了一份菜單，其中有一樣我以爲是鹹豬肉的東西，寫的卻是「烤酵母片，鄉村風味」。

儘管已經三十年沒吃東西，我的心思還是沒放在食物上，送來的早餐中還附了一份報紙：二〇〇〇年十二月十三日星期三的《大洛杉磯時報》。

報紙沒變多少，至少在版型上沒太大改變。這一份是小版型的報紙，紙張彷彿上過釉似的，一點也不像粗粗的紙漿，而且它的附圖若不是全彩，就是黑白的立體圖，我怎麼也想不出最後這個巧妙的機器是怎麼做到的。在我很小的時候，就有不需要特殊裝置也能看的立體圖片。五〇年代，當我還是個孩子時，就對廣告冷凍食物用的立體圖片深深著迷，而現在這些卻可以印在只是薄薄的紙張上，可是圖案卻有著立體感。

我終於不再想下去，繼續閱讀著報紙的其他部分。勤勞夥計把報紙用讀報架擺好，曾有那麼一瞬間，我懷疑自己只能讀頭版，因爲實在想不出要如何打開那個討厭的讀報架，這幾張報紙似乎夾得死緊。

很巧的，因無意中碰到第一張紙的右下角，它就捲了起來，然後就不見了……在那一點立刻引起靜電現象。於是每次我碰觸那一點，報紙就會一頁頁俐落地翻開。

報紙至少有一半的內容看來如此熟悉，差點勾起我的鄉愁，如今日運勢、市長舉行新水庫落成典禮、紐約議員說安全限制條例影響新聞自由、巨人隊連勝兩場、不合季節的暖化嚴重危害冬季運動、巴基斯坦警告印度等等諸如此類。看來我是來對地方了。

雖有幾則新聞感覺很陌生，但看一看也就懂了：像月球太空梭仍然因雙子座流星雨而暫緩任務，二十四小時太空站雖破了兩個洞，但無人傷亡；四名白人在開普敦以私刑處死，而以此要求聯合國應有所行動；代理孕母組織計劃調高費用這項要求讓「業餘工作者」變成非法；密西西比州農場主人由於抗議類似催眠法起訴，而辯稱：「那幾個小伙子沒有打針，他們只是愚笨而已！」

我相當確定自己知道最後那一則是什麼意思……因爲我已親身的經驗。

但仍有幾則新聞讓我完全摸不著頭緒。如「鬼痢」仍然在蔓延，又有三個法國市鎮必須疏散，國王正在考慮是否要下令爲該地區進行撒塵等。國王？喔，哎呀，法國政治可能會出現某種問題，但他們正在考慮用來對付「鬼痢」的這個「消毒香粉」到底是什麼東西？唉啊，管它是什麼，也許是輻射吧？我希望他們挑個完全沒有風的日子……最好是二月三十日。我自己曾有一次輻射過量的經驗，因爲山迪亞有個愚蠢的WAC技師犯了要命的錯誤。我還沒達到那種受不了的嘔吐階段，但我可不建議吃太多「放射能」（curies）。

洛杉磯警察局拉古納海灘分局已經配備了「草電圈」（Leycoils），局長警告所有的「太保」離開該區。「我的人已經接到命令，先當作流毒抓起來再檢驗。這件事一定要停止！」

我暗自記住，提醒自己還是先離拉古納海灘遠一點，先查清楚那句話是什麼意思。

以上只是幾個例子。還有好幾則新聞報導，一開始很流暢，然後寫到眞正的內容就垮掉了，而在我看來不夠是故弄玄虛的話語。

翻到「生命統計資料」的時候，瞄到一些新的小標題，我開始覺得輕鬆起來。這裡有原本熟悉的出生、死亡、結婚、離婚，但現在還多了「入眠」及「出眠」，根據護眠中心字母順序排列。我查到「沙提爾聯合護眠中心」，發現自己的姓名。我有一種溫暖的「歸屬感」。

但報紙上最有趣還是廣告。其中一個私人廣告讓我記憶猶新：「嫵媚動人仍然年輕的寡婦，非常渴望旅行，希望能遇見興趣相近的成熟男人。目標：兩年婚姻契約。」不過，眞正吸引到我的是圖像廣告。

幫傭姑娘和她的姊妹、堂表姊妹以及姑嬸姨婆到處都是，而且它們仍然使用那個商標，拿著掃帚的高大姑娘，最早這是由我爲公司的信頭所設計的標誌。突然我感到一陣懊悔的刺痛，竟然那麼匆忙丟掉我的幫傭姑娘股票，看樣子，它好像比其他投資組合全部加起來還值錢。不對，不是這樣的，假如當時我還帶在身上，那兩個賊一定會把它拿走，假造轉讓成自己的文件。照這樣安排，瑞琪可以拿到股票，如果瑞琪因此變得有錢，嗯，這眞是再好不過了。

我提醒自己，最重要的一件事就是找到瑞琪。她是我所知道的世界僅存的一切，而且她隱約在我心裡占了很大的位置。可愛的小瑞琪！要是她的年紀大個十歲，我根本不會看貝麗一眼……也就不會吃這麼大虧了。

或許可以算看看，她現在會是幾歲？四十，不對，四十一歲。實在很難想像瑞琪四十一歲的模樣。話又說回來，在這時代，這年紀的女人根本不能算老，當然當年也是。站在四十呎外，往往看不出四十一歲和十八歲的女人有何差別，不是嗎！

如果她有錢，我會讓她請我喝杯酒，我們會舉杯悼念彼得那隻逝去的寶貝貓，那個愛開玩笑的小小靈魂。

而如果出了什麼差錯，以至於雖然我轉讓股票給她，但她卻沒有錢，那麼，哎呀，我會和她結婚！是的，我一定會。她比我大了十歲左右，這沒有關係，考慮到我過去常常有把事情搞砸的輝煌記錄，我需要找個年紀大一點的人來指點我，告訴我不行，而瑞琪這個女人一定做得到。她還不到十歲的時候，就能用認眞的小女孩的效率打點邁爾斯和邁爾斯的家，到了四十歲，她一定還是一樣，只不過變得更圓熟。

我覺得非常溫暖，而且自從我醒來之後，第一次不覺得自己迷失在陌生的國度。瑞琪是一切問題的答案。

然而，在我心底深處，我聽到一個聲音：「聽著，你這笨蛋，你不可能娶瑞琪的，因爲像她那麼可愛的女孩，到現在一定至少結婚二十年了。她會有四個小孩……也許還有個體格比你壯碩的兒子……當然還有個丈夫，而當她見到你扮演老好人丹尼叔叔的角色一定不會太高興。」

我聽著那聲音，嘴角自然無力地往下垂。只好我有氣無力地想：「好吧，好吧，我還是沒搭上船。但我仍然打算找到她。最壞的情形頂多是開槍打我，另外，她畢竟是唯一眞正瞭解彼得的另一個人。」

再翻到另一頁，一想到同時失去瑞琪和彼得，突然覺得非常淒苦。過了一會兒，我翻著翻著報紙睡著了，睡到勤勞夥計機器人或是它的孿生兄弟送午餐過來。

睡著的時候，我夢見瑞琪把我抱在膝上，說：「沒事的，丹尼。我找到彼得了，現在我們兩個都來這裡陪你。你說是不是呀，彼得？」

「喵呀！」

新增的語彙其實很簡單，我花了更多時間去瞭解歷史概況。三十年可能會發生很多事，但既然別人知道的都比我清楚，我又何必寫下來？像我不太意外大亞共和國把我們擠出南美洲貿易圈，自從福爾摩沙條約之後，這件事早已浮上檯面；另發現印度群雄割據的狀況更嚴重，也覺得意外；而英格蘭變成加拿大一個省份的想法，讓我一下子轉不過來。我跳著看八七年的大恐慌，金子如今變得在某些用途上是一種極妙的工程原料，金子如今很便宜，也已經不是貨幣的基礎，卻不曉得曾經有多少人在轉手的過程中傾家蕩產，可是我不會把這件事看成悲劇。

我停下閱讀，開始思考能用便宜的金子做什麼事，金子具有高密度、良導電性、絕佳的延展性……想沒多久又停下來，因爲我明白自己得先去讀一讀技術文獻的資料。哎呀，單單是在原子能方面就有很貴重的價值。如果你能把那東西用在微型化，它在很多方面都比其他金屬更優異，想到此我又停下來，相信勤勞夥計的「腦袋」裡一定塞滿了金子。我一定得趕快開始活動，弄清楚我不在的時候，那些傢伙在「小小的密室」裡面究竟做了什麼事。

沙提爾護眠中心沒有相關的設備讓我進行工程方面的研讀，於是我告訴埃勃赫特醫師，我準備好可以出院了。他聳了聳肩，說我眞是笨蛋，但還是同意了。不過我多留了一晚，只是輕鬆躺著，看閱讀機的字句不停的閃過去，我就覺得自已非常疲倦。

隔天早上，一吃完早餐，他們就拿了一些現代的衣服來給我……目前我需要有人幫忙才能穿上衣服。服裝本身倒不怎麼怪異（雖然以前從來沒穿過櫻桃紅色的長喇叭褲），但若是沒人教，我還是無法把衣褲固定好。我猜想，我的祖父們用拉鍊也可能有過同樣的麻煩，若不曾有人逐步引導他的話。

然後，在我試著放鬆腰帶的時候，我的褲子差點掉下來，但沒有人嘲笑我。

埃勃赫特醫師問：「你打算做什麼？」

「我？我會先去找張市區的地圖。然後我會找個睡覺的地方。然後，我打算不做其他事，只做專業的閱讀，用功一陣子……也許一年。醫師，我是個過時的工程師，可我不想一直這樣下去。」

「嗯……呃，好吧，祝你好運。如果有什麼我能幫忙的地方，別猶豫，馬上打電話給我。」

我伸出手。「謝了，醫師，你眞好。呃，也許我不應該提起這件事的，至少應該先和我的保險公司會計部門談一談，看看我現在的財務狀況如何，不過我可不想只說幾句話就算道謝。你爲我做了那麼多事，我表達的謝意應該更具體。瞭解我的意思嗎？」

他搖了搖頭。「你的好意我心領了。但我的費用已經包含在我和護眠中心簽的合約裡。」

「可是……」

「不行，我不能拿，所以拜託你，我們別再談這件事了。」他握了握我的手，說：「再見。如果你順著這條滑道上，它會帶你到總辦公室。」他猶豫了一下又說「如果你覺得還是有點累人，你可以在這裡多留四天，做恢復和重新適應，在照護合約之下並不做額外收費。此仍包括在費用裡的，不用白不用。你可以隨自己喜歡，決定要不要回來。」

我咧嘴一笑。「謝了，醫師。但你可以打賭我不會回來了，除非是哪一天想過來打個招呼。」

我在總辦公室下了滑道，向站在那裡的接待員說明我是誰。它交給我一個信封，又是另一張蕭茲太太的電話留言。我還沒打電話給她，因爲我不知道她是誰，而且除非客戶願意接受，否則護眠中心也不允許任何人對他的探訪或打電話。我只是瞥了一眼，就把信封塞進衣袋，一面在心裡想著我可能犯了個錯誤，不應該讓萬能法蘭克太萬能。以前的接待員都是漂亮的女孩，而不是機器。

那個接待員說：「請往這邊走，我們的財務經理想要見您。」

嗯，我也想要見他，所以我再踏上另一個滑道。我很想知道自己到底賺了多少錢，也很慶幸自己全力投入普通股，而不是採用「安全」的玩法。的確，在八七年大恐慌時，我的股票也跌得很慘，但如今應該已經回升了。事實上，我知道至少有兩家如今値更多的錢，我剛剛看過《時報》的財經版。我仍然帶著報紙，心想著我可能想要看看其他版面。

財務經理是個有個性的人，他看起來的確像財務經理模樣。他很快地握了一下我的手。「您好，戴維斯先生。我是多堤。請坐！」

我說：「您好，多堤先生。我大概不會佔用你多少時間。只是請你告訴我一件事：我的保險公司會透過貴機構來處理結算事項嗎？還是我應該去他們的總公司呢？」

「還是請坐吧。我有幾件事要向您解釋。」

於是我坐下來。他的辦公室助理（又是了不起的老法蘭克）取了一份檔案文書夾給他，然後他說：「這幾份是您的原始合約。您想要看一看嗎？」

我還眞的非常想要看一看，因爲自從我完全清醒之後，就一直暗自祈禱，不曉得貝麗有沒有想出什麼方法來侵呑我那張保付支票。雖改造保付支票比改造個人支票困難得多，但貝麗是個聰明的女人。

看到她並未改動我的入眠託付合約，眞是鬆了一大口氣，只不過，彼得的附帶合約，還有我的幫傭姑娘股份，當然都不見了。我猜想，她一定是把那幾紙文件燒了，省得有人提出疑問。我小心翼翼地檢查她把「互助壽險公司」改成「加州精進保險公司」的十幾份文件。

那女人是個眞正的高手，這點絕對毫無疑問。我想，如果是一名科學刑事鑑識人員，再配備顯微鏡和對比立體顯像器，加上化學測試等等，就有可能證明每份文件都被修改過，但我可沒辦法。我不知道她是怎麼處理那張定額保付支票後面的背書，因爲保付支票一向是開在保證擦不掉的紙上。嗯，她大概不會只用橡皮擦吧！只要一個人想得出來，就會有另一個比他更聰明……而貝麗簡直是非常聰明。

多堤先生清清喉嚨，我也應聲抬起頭來。「我們就在這裡結算嗎？」

「是的。」

「那麼我只要問三個字就行了。多少錢?」

「嗯……戴維斯先生，在我們談到這個問題以前，我希望先請您多看一份文件，另也要向您解釋目前的狀況。這是本護眠中心與加州精進保險公司之間的合約，針對您的活體低溫處理、照護以及復甦部分。您會注意到，全部費用都必須預先付清。這對我們和你而言都是一種保護，因爲這可以保證在你無行爲能力期間的安全。這些資金，包括所有諸如此類的資金，都是屬於第三方託管，由高等法院處理特定事務的部門來管理，然後每三個月付一次，當做我們的營收。」

「好，聽起來像是很好的安排。」

「的確是的，這樣可以保護無行爲能力的人。現在，您必須清楚瞭解，本護眠中心和您的保險公司是完全不同的機構，而您與我們簽訂的照護合約，和資產管理合約是完全獨立的。」

「多堤先生，您到底想說什麼?」

「除了交給精進保險公司作爲信託的資產以外，您還有任何資產嗎?」

我仔細地想了想。我曾經有過一輛車……但老天爺才知道車子後來怎麼了。在我剛開始借酒澆愁的時候，我早已結清我在莫哈維的支票戶頭，而在我最後去到邁爾斯的地方，到最後被下了藥的那天，我也許有三十或四十塊錢的現金。書籍、衣物、計算尺（我不是那種會保存一大堆東西的人），那麼一點廢物如今也不在了。「搭公車的錢都不夠，多堤先生。」

「那麼……我非常遺憾，不得不告訴你這件事，在你名下沒有任何實質的資產。」

我力求保持鎮定，但我的腦袋有如飛機在空中亂轉，然後一頭撞到地上。「你說這話是什麼意思？哎呀，在我投資的股票中，有好幾支表現得很漂亮。我知道得很清楚，報紙上這麼寫的。」我拿出早餐時看的那份《時報》。

他搖了搖頭。「很抱歉，戴維斯先生，可是您名下沒有任何股票……精進保險破產了。」

我很慶幸他剛才要我坐下，我覺得全身虛脫。「怎麼發生這種事？是大恐慌嗎？」

「不，不是的。那是受到曼尼克斯集團的垮台的牽累……但您當然不知道這件事。事情在大恐慌之後才爆發，我想你也可以說是從大恐慌開始的。不過，要不是有人有計劃地洗劫掏空，如『搾乾』是比較通俗的用詞，如此精進保險公司也不會破產。如果是普通的破產管理狀態，至少還能搶救一點財產回來。但事實並非如此。等到人們發現不對勁，公司早已只剩下空殼子……而眞正的主事者早已逃出引渡的範圍。但在目前法律的架構下，不可能再發生這種事，也許說這話會讓你覺得好過一點。」

不會，我不覺得會比較好過，再者，我也不相信。我老爸說過，法律越是複雜，越是讓壞蛋有機可乘。

但他從前也常說，一個明智的人應該有所準備，隨時可以丟棄自己的家當。我眞想知道，我得做多少次才稱得上是「明智」。「呃，多堤先生，只是出於好奇，互助壽險的表現如何呢？」

「互助壽險公司嗎？表現良好的公司。喔，在大恐慌的時候，他們也像其他人那樣受了打擊。但是他們經過了考驗。也許您還有他們的保單嗎？」

「沒有。」我沒做任何解釋，解釋也沒有用。我不可能指望互助，我從來不曾執行過我和他們簽的合約，我也不能控告精進保險公司，對一個破產的公司提出訴訟根本是沒有意義。

我也許能控告貝麗和邁爾斯，如果他們還在的話，可是我爲什麼還要做這種蠢事？沒有證據，一點也沒有。

此外，我也不想控告貝麗。最好是能在她身上打滿「無效」字眼的刺青，而且要用鈍針。然後，我再來懲罰她對彼得所做的一切。對於這個罪行，我還沒想好適合的刑罰。

我突然想起，在邁爾斯和貝麗把我踢出去的時候，他們不就是打算把幫傭姑娘公司賣給曼尼克斯集團嗎？「多堤先生？您確定曼尼克斯沒有任何資產嗎？難道幫傭姑娘不是他們的嗎？」

「幫傭姑娘？您是指那個家用自動設備公司嗎？」

「當然是。」

「應該是不太可能。事實上，這是不可能的，因爲曼尼克斯的企業體本身已經不存在了。當然，我也不能肯定地說，幫傭姑娘公司和曼尼克斯的人之間從來沒有任何關聯。但即使有關聯，我相信他們也沒有太多瓜葛，否則我想我一定聽過。」

我暫時把這件事放下。如果邁爾斯和貝麗跟著曼尼克斯垮掉，那也正合我的心意。可是，在另一方面，如果曼尼克斯曾經擁有幫傭姑娘公司，並且把它搾乾，那麼瑞琪所受的打擊就會像他們一樣嚴重。不論發生什麼旁枝末節，我都不希望瑞琪有損失。

我站了起來。「嗯，謝謝您仔細地說出這個消息，多堤先生。我先走了。」

「先別走，戴維斯先生……我們機構對於我們的客戶有一種責任感，不只是根據合約上的文字規定而已。您會明白，以您的狀況而言，我們絕不可能是第一次碰到。因此，我們的理事會準備了一筆小小的無條件資金任你支配，做爲緊急紓困之用。這……」

「不要施捨，多堤先生，不過還是謝謝你。」

「這不是施捨，戴維斯先生，這是一筆貸款。您可以說這是一筆信用貸款。相信我，我們在這類貸款幾乎沒有什麼虧損……而且我們也不希望您口袋空空地走出這裡。」

我再三思量這件事。我甚至連理頭髮的錢都沒有。但在另一方面，借錢就像試著兩手各拿一塊磚頭游泳，甚至一筆小貸款比一大堆債更難償還。「多堤先生，」我緩緩地說：「埃勃赫特醫師說，我有資格在這裡多享用四天的食宿。」

「的確如此，不過我得查閱一下您的記錄卡。我們可不會在合約一到期，不管人有沒有準備好，就把他們趕出去。」

「我相信你們不會那樣。不過，我住的房間的費用該怎麼算，像醫院病房食宿那樣？」

「呃？可是我們的房間不是打算那樣出租的。我們不是醫院，只是爲我們的客戶保留一個回復醫務室而已。」

「是的，當然沒錯。可是你們一定算得出來，至少就成本會計的角度來說。」

「嗯……可以說是，也可以說不是。這些金額不是用那種準則來訂定的。會計項目包括折舊、間接成本、手術、儲備、餐飲廚房、人事……等等。我想我是可以做個估算。」

「喔，不必費事了。以一般醫院等値的食宿總共大概需要多少呢？」

「這就有點超出我的專業範圍了。不過呢……嗯，您可以說大約每天一百元吧，我想。」

「我還可以再留四天。您可以借我四百塊錢嗎？」

他沒有回答，只是對著他的機械助理員說了個數字碼。然後，它數了八張五十元鈔票，交到我手裡。「謝謝！」我誠心地說，同時把鈔票收好。「我會盡我的最大努力，讓這筆帳不要欠太久。六分利嗎？還是，銀根會很緊嗎？」

他搖了搖頭。「這不是貸款。就像您剛才說的，我是從您未使用的時間中扣掉的。」

「唔？」哎呀，聽我說，多堤先生，我並沒打算強迫您這麼做。當然，我是要……」

「拜託，我告訴我的助理員輸入的款項，是代表我指示它付錢給您。難道您想讓我們的稽核員爲了區區四百元頭痛嗎？我本來準備借給您更多錢的。」

「嗯……那我現在就不能跟您爭了。不過，多堤先生，這裡到底是多少錢呢？現今的物價水平如何呢？」

「嗯……這是個複雜的問題。」

「給我一個大概就行了。吃一頓飯要花多少錢？」

「食物的價格相當合理。花個十塊錢，您就可以享受非常令人滿意的一餐……如果你能謹慎選擇中等價位的餐館。」

我謝過他之後，帶著非常溫暖的感覺離開。多堤先生讓我想起在軍中服役時碰到的一位主計官。主計官只分成兩種：第一種會給你看規章裡說不能給你的條文，即使你本來有資格拿到；第二種會努力翻查規章，直到找出某個條文，讓你得到需要的東西，即使你沒有資格。

多堤屬於第二種。

護眠中心的大門口就是威爾夏地鐵線。前面有幾張長凳，旁邊種了些矮樹和花卉。我坐到長凳上，仔細盤算眼前的情形，再決定要往東還是往西。我在多堤先生面前像死鴨子般嘴硬。不過，老實說，我其實是非常心煩意亂，雖然我的褲袋裡有一星期的飯錢。

但太陽很溫暖，地鐵線的嗡嗡聲聽來悅耳，而且我還年輕（至少在生理上），還有兩隻手和我的腦袋。我吹著口哨「哈利路亞，但我一無所有……」，一方面打開《時報》，翻到「求職」的分類欄。

我克制著瀏覽「專業人員：工程師」的衝動，立刻翻到「無技能」那一欄。那欄分類廣告短得要命，我差一點就看不到它。

# 六

第二天，也就是十二月十五日星期五，我找到了一個工作。我也惹了一點法律上的小麻煩，並且常常因爲許多事的新做法、說法和看法而發生混亂。我發現，利用閱讀相關資訊來「重新適應」，就像閱讀性愛一樣，絕對是不可靠。

我猜想，如果我是到西伯利亞的鄂木斯克、聖地牙哥或是雅加達，我的麻煩應該會比較少。到陌生國度裡的陌生城市，你的確知道風俗習慣會有所不同，但在大洛杉磯，我在潛意識裡預期事物應不變，雖然我看得出這已明顯有了變化。三十年當然沒什麼，任何人在一生當中都得經歷不只三十年的變化，但如一口氣吞下，的確是有很大的差別。

就拿我完全無辜用到的一個字來說吧。它冒犯了在場的一位女士，只因爲我剛剛冬眠醒來（我連忙解釋），她丈夫才沒當場揍我一頓。我在此不宜說這個字，哎呀，說就說嘛，有什麼關係？我用那個字來解釋某件事。在我小時候，這個字有很適切的用法，要是不信，就找一本舊字典來查一查。在我小時候，不會有人拿粉筆在人行道上塗寫這個字。

這個字是「癖」。

還有一些其他的字眼，我總是得先停下來想一想，才能正確使用。倒不見得是什麼禁忌的字眼，只是意義改變罷了。例如「招待」一字，「招待」以前的意思是幫你拿外套，放到臥室裡的那個人，這和出生率毫無關係，現則有不同的解釋。

但我的日子還過得去。我找到一份工作，就是把嶄新的豪華大轎車壓爛，讓車子能以廢金屬的形式運回匹茲堡。凱迪拉克、克萊斯勒、艾森豪、林肯等各式各樣的大型、豪華、嶄新、強力的汽車，里程表上連一公里的記錄都沒有。先把車子推到鉗口中間，然後鏗鏘！嘩啦！嗆鎯！之後變成鼓風熔爐中的廢鐵。

我一開始會覺得心疼，因爲我搭乘地鐵線上班，連一輛小小的代步車都沒有。我表達了自己的意見，卻差一點丟了飯碗……還好領班想起我才剛冬眠醒來，並不是眞的了解狀況。

「這是個簡單的經濟問題，年輕人。這些都是剩餘物資的車子，政府接受它們作爲價格補貼貸款的擔保品。車子已經出廠兩年，再也賣不掉了……於是政府把它們報廢，回銷回去給鋼鐵工業。你不可能只靠鐵礦來煉鋼，你也需要有廢鐵。就算你才剛冬眠醒來，也應該知道這一點。就事論事，優質的鐵礦那麼稀少，廢鐵的需求會越來越高。鋼鐵工業需要這些汽車的。」

「可是，既然賣不出去，爲什麼一開始還要製造呢？這好像很浪費。」

「只是『好像』很浪費而已。你想要讓大家都失業嗎？你想要拉低生活水準嗎？」

「那麼，爲什麼不把它們送到海外？在我看來，這些東西在海外的自由市場可以賣到更多錢，總比廢金屬的價值高。」

「什麼！你想要破壞出口市場嗎？而且，要是我們開始傾銷汽車到海外，我們會引起外國的怨恨，包括日本、法國、德國、大亞洲等都會抗議。你打算做什麼？發動戰爭嗎？」他歎了口氣，用一種父親般的語氣繼續說：「你去公立圖書館，借幾本書看看。對於這些事，你必須先懂一點脈絡，才能提出任何正確的見解。」

於是我閉上嘴。我並沒告訴他，在閒暇的時間裡，我都泡在公立圖書館或加州大學洛杉磯分校的圖書館，我避免承認我自己是（或曾經是）一名工程師，現在我要是自稱是位工程師，簡直就像大喇喇地走到杜邦公司，對他們說：「兄台，吾乃一煉金術士，可有需吾效勞之處？」

後來，我只再提過一次類似話題，因爲我注意到，那些價格補貼的汽車幾乎沒有幾輛是眞正可以開上路的。車子的做工很粗率，而且常常缺少重要的零件，像是儀表顯示盤或是空調。但有一天，從壓碎機的鋸齒咬下去的聲音，我注意到那東西竟然連電動裝置都沒有，我終於忍不住說話了。

那個領班只是盯著我看。「我的天呀，年輕人，你當然不會預期他們把最好的做工用在只是做爲剩餘物資的汽車上吧？這些汽車下裝配線之前就有價格補貼貸款了。」

自從那次之後，我就閉上嘴，而且不再開口。我還是專心精進工程知識比較好，經濟學對我來說太難理解了。

於是我有大量的時間可以思考。我這份工作，依我的定義來看根本不算是眞正的「工作」，所有的工作都是由各種不同變裝的萬能法蘭克完成的。法蘭克和它的兄弟們操作壓碎機、把汽車放到位置上、把廢鐵拖走、計算數量等，還要負責過磅；而我的工作只是站在一個小平台上（我不准坐著），緊握著一個開關，準備在萬一有什麼問題的時候，可以停止整個運作。而從來就沒什麼問題，但我很快就發現，每一次輪班我總是至少看出自動操作方面的一次故障，停止這項工作，然後派人去請故障處理小組。

嗯，一天的工資是二十一元，足夠我三餐溫飽。

扣掉社會福利、工會會費、所得稅、國防稅、健保，以及福利共同基金之後，我拿到手的大約有十六元。多堤先生說一餐花十塊錢的花費並不正確，只要三塊錢，你就能吃到很像樣的一盤食物，如果你不堅持非吃眞正的肉類不可，而我也不認爲有人能分辨得出漢堡肉排的肉質是來自飼料場，或是開闊的牧場。再者，常常聽說有些劣等的肉類可能夾帶輻射污染，我倒是完全樂意吃替代品。

不過，住在哪裡倒是有點問題。由於洛杉磯在四旬戰爭中並沒有遭到「髒亂市區一秒鐘清除計劃」的襲擊，因此有爲數驚人無家可歸的難民聚集（我想我自己也是其中一個，不過當年並不認爲自己是難民），而且他們顯然後來都沒有回家，即使是那些有家可歸的人。那座城市，要是你能把大洛杉磯叫做一座城市的話，它比較像是個龐大雜院，遠在我去冬眠的時候就已經很多人了，如今更像個女用手提包那般塞滿東西。住在此地擺脫煙霧瀰漫可能是一項錯誤。過去，在六〇年代的時候，有些人因爲鼻竇炎的問題，每年都會離開一陣子。

如今好像都沒人離開了。

在我離開護眠中心的那一天，我的腦子裡有好幾件事，主要是：一、找個工作；二、找個睡覺的地方；三、趕上工程進步資訊；四、找到瑞琪；五、回到工程（盡可能自己來）；六、找到貝麗和邁爾斯，然後把他們擺平，當然在不會坐牢的前提下，以及七、一些微不足道的小事，像是查詢勤勞夥計的原始專利，看看我的強烈的直覺是否正確，它其實就是萬能法蘭克（如今已無關緊要，只是出於好奇心）以及查詢幫傭姑娘公司的公司歷史……等等。

上面幾件事，我是按照優先順序來排列的，因爲我在多年前早已發現（代價是大學一年級差點當掉），如果你不考慮優先順序，常常等到音樂一停，就只剩你一個人不知所措。當然，以上有幾項優先順序其實是同時的發生的，在我苦學工程新知的期間，我應該能找到瑞琪，大概也能找到貝麗一幫人。但事有輕重緩急，找工作甚至比找睡覺的地方重要，因爲錢才是其他一切事物的關鍵……尤其是當你沒有錢的時候。

在市區遭到六次拒絕之後，我追著一份招聘廣告，一路趕到聖伯那迪諾市，卻遲了十分鐘。當時我應該立刻叫一輛飛車的，可是我又自作聰明，回到市中心區，打算找個房間，然後一大早就起床，看看早報上列出什麼工作，然後第一個去排隊。

我怎麼會料到？在四家民宿登記候補，最後卻在公園過夜。我留在那裡，來回走動，想要保持溫暖，一直到將近午夜，最後放棄，大洛杉磯的冬天屬於亞熱帶，不過你還是得強調這個「亞」字。不得已，只好到威爾夏地鐵線的一個車站避寒……而在大約凌晨兩點鐘，警察卻把我和其他的遊民抓了起來。

拘留所似改進了不少。室內很暖和，而且我猜他們會要求先擦擦腳才能進門。

我被控告的罪名是「佔宿」。法官是個年輕人，他正看著報紙，頭也不抬地說：「這些都是初犯嗎？」

「是的，法官大人。」

「三十天，或是勞動勤務假釋。下一位！」

他們正要把我們帶出去，但是我動也不動。「等一等，法官大人。」

「呃？你有什麼問題？你到底認不認罪？」

「呃，我實在不知道，自己到底做了什麼事。您看……」

「你想申請公設辯護律師嗎？如果你真的想要，就得先把你關起來，等到有人可以處理你的案子。據我所知，他們目前大約要等六天……不過這是你的基本權利。」

「呃，我還是不知道。也許我要的是勞動勤務假釋，不過我不清楚這是什麼勞務。我真正希望的，是庭上能給我什麼建議，如果庭上願意的話。」

法官對法警說：「先把其他人帶出去。」他轉頭回來看著我。「說吧。可是我敢說你不會喜歡我的建議。我做這份工作已經夠久了，早就聽過每一種騙人的故事，也對大多數的理由越來越厭惡。」

「是的，法官大人。我的事騙不了人，很容易查的。您會明白的，我昨天才從冬眠醒來，然後……」

但他的確露出厭惡的表情。「又是那種情況，呃？我常常納悶，我們的祖父母們怎麼會以爲他們可以把那時代的爛人丟給我們。這城市最不需要的，就是更多的人……尤其是在他們自己的時代過不下去的那些人。無論你來自哪一年，我眞希望我可以一腳把你踢回去，請你帶個口信給在那裡的每個人，說他們所夢想的未來並不是，我重複一次，絕對不是鋪滿黃金的。」他歎了口氣。「不過，我相信那也不會有任何用處。好吧，你認爲我該怎麼做？再給你一次機會嗎？然後，不到一星期，你又會出現在這裡了！」

「法官大人，我認爲這是不太可能的。我有足夠的錢生活，等我找到工作，就可以……」

「呃？如果你有錢，你怎麼會去佔宿？」

「法官大人，我甚至不知道那個名詞是什麼意思。」這一次，他讓我解釋。等我講到我怎麼會被精進保險公司騙掉所有財產的時候，他的整個態度都變了。

「那些豬玀！我母親付了二十年的保費，也全都被他們騙走了。你爲什麼不一開始就告訴我這件事？」他拿出一張卡片，在上面寫了些字，然後說：「拿著這張去見『剩餘物資與廢物利用管理局』的人事部門。如果沒派工作給你，今天下午再回來找我。但是別再佔宿了，這不只會孳生犯罪和惡行，而且對自己的處境也會很危險，可能會遇到壞份子。」

就是因爲這樣，我才會找到一個打爛全新汽車的廢鐵工作。但我仍然認爲，決定先找到工作不犯邏輯上的錯誤。只要一個人有豐厚的銀行帳戶，到處都可以爲家，當然警察沒事不會去煩他。

我也找到了一個還算像樣的房間，而且在預算之內，位於西洛杉磯尚未變更到「新都市計劃」的一區。我想這地方以前大概是個衣帽間。

我不希望任何人以爲我不喜歡二〇〇〇年，如果和一九七〇年比較起來的話。我喜歡二〇〇〇年，更喜歡在他們叫醒我的幾星期後就是二〇〇一年了。雖然有時會突然萌生一種莫名而幾乎無法承受的鄉愁，但我覺得處在第三個千禧年開端的大洛杉磯，應該是我所見過最美妙的地方。生活步調很快，環境很乾淨而且非常令人振奮，雖然地方實在太擁擠……而即使有這個缺點，也有一套龐大而冒險的計劃在進行著。市區的「新都市計劃」地區會讓工程師打心裡覺得賞心悅目。假如市政府有自主權停止移民十年，應該就可以克服住屋問題。但既然他們沒有那個權力，只好不得不全力應付越過山脈大批大批湧進來的移民，而他們盡了全力創造出難以置信的壯觀景象，甚至經幾次疏散仍非常可觀。

沉睡了三十年眞的很値得，因爲醒來之後，醫界已經克服感冒，也不再有人受鼻後滴痰之苦。比起金星上的研究外星移民，這件事對我的意義更重大。

而有兩件事讓我覺得最了不起，其中一件大事，一件小事。大事當然是「零重力」

（NullGrav）趨勢。早在一九七〇年，我就已經知道貝博森研究院的重力研究，但我並未期望他們會研究出什麼結果，事實也的確是沒有，「零重力」根據的基本場論是在愛丁堡大學發展出來的。但我上學時曾經學過，重力是任誰都無能爲力的事，因爲這是空間的表現狀態本身所固有的特質。

所以他們自然是改變了空間的表現形式，而它只能是暫時性與局域性的。沒錯，但移動重物所需要的也不過如此，所有事物仍然必須保持在與地球母星的場域關係，而目前對這太空船毫無用處，或者只是對二〇〇一年而言，反正我已經不再做關於未來的打賭了。又據我的瞭解，若要把東西抬高，仍然需要耗用力量來克服重力位能，反之，要降低某件東西，你必須有某種動力裝置來儲存所有的動能，不然東西就會咻！不曉得飛到哪兒去了！但若只要水平搬運某件東西，例如從舊金山到大洛杉磯，只要把它抬起來，然後浮在半空飄過去，根本不需要力量，就像溜冰選手靠鋒利的冰刀滑行一樣。

眞是美妙！

我曾經嘗試研究相關的理論，但這種數學得從張量微積分開始，實在不適合我，尤其工程師很少是數學物理學家，也沒有這個必要，他只需要略懂皮毛，足以知道它在實際應用上能做什麼，也知道各種作業的因素就夠了，而我可以學學這些技術。

而先前提到的那件「小事」，就是「絲麗貼」（Sticktite）織品對仕女流行服飾造成的變化。裸體海水浴場倒不怎麼讓我驚訝，在一九七〇年就可以看到這種傾向，但女士們用「絲麗貼」能做到的各種奇怪變化，簡直讓我吃驚得闔不攏嘴。

我爺爺是一八九〇年出生的，我猜想，一九七〇年的某些景象對他也會有同樣的感受。

但我很喜歡這個快速的新世界，而且如果不是有那麼多孤單得那麼難受的時間，我一定會更快樂，不過，我眞的虛脫了。有幾次（通常是在三更半夜），我會願意拿一切來換一隻傷痕累累的公貓，或是有機會帶著小瑞琪去動物園消磨一個下午……或是分享邁爾斯和我共同努力奮鬥的情誼，雖然當時我們當時只有辛苦的工作和希望。

時間還是二〇〇一年初，我的功課還沒做到一半，卻開始渴望離開這份清閒的工作，回到我的老製圖桌。在目前的工藝技術之下，會有太多太多一九七〇年做不到的事，如今都成爲可能，我想要開始忙，設計幾十樣新玩意兒。

比如說，我以爲會有自動祕書的出現，而我說的是一種機器，你可以對著它口述，就能打出一封商業書信，拼字、標點符號和格式都很完美，而不需要用到眞正的人工。但目前還沒有這種產品。喔，有人曾經發明一個可以打字的機器，但這東西只適合音形一致的語言，像是「世界語」，而不適合其他種語言，例如你可能會說：「Though the tough cough and hiccough plough him through」。人們不會放棄英語的不合邏輯而去配合發明家的方便的。而有道是山不向你走來，你只好向山走去。

假如一個中學畢業的女孩也能處理令人傻眼的英文拼字，能打出正確的字，那麼要如何教機器做到呢？

答案通常是「不可能」。這應該需要有人的判斷與理解。

可是，發明通常是某種在發明出現以前「不可能」的事爲，此政府才會授予專利。

有了現今可能做到的記憶管和微型化（我原先想的沒錯，金子果然能成爲重要的工程材料），採用這兩項技術，應該很容易把十萬個語音碼塞入一立方呎的空間；換句話說，就是把《韋氏大學字典》中的每個字都加以語音編碼。但這倒沒有必要，一萬字就綽綽有餘了。誰會期望一位普通速記員打出像是「kourbash」（埃及犀牛皮鞭）或「pyrophyllite」（恐火症）這類字呢？如果非得用到這個字，就幫她把字拼出來即可。對了，可以編程式碼，讓機器在必要的時候接受拼字。而且語音編碼包括標點符號、以及不同的格式、還要查詢某個檔案裡的地址、要印幾份、再加上傳送的路線、並且提供至少一千個空白字編碼給日常工作或專業上會用到的特殊辭彙，這讓機器的主人或使用者自己輸入那些特殊字，只要壓下記憶鍵，同時拼出一個像是「stenobenthic」（水底速記）的字，以後就不必再拼一次了。

這一切都很簡單，只要把幾樣市面上已經有的玩意兒結合起來，然後排除其中的問題，就能讓它變成大量生產的機型。

眞正的障礙是在同音字。當聽寫黛西聽到「tough cough and hiccough」句子根本不會變慢，因爲每個字的發音都不一樣。但像是「they're」和「their」以及「right」和「write」的選擇就會造成麻煩。

洛杉磯公立圖書館會有英文同音字的字典嗎？的確有的，於是我開始計算無法避免的同音字配對，試著想出其中有多少字可以透過語法分析統計，利用資訊理論來處理，而有多少字會需要特殊的編碼。

我開始因爲挫折感而緊張不安。不只是因爲一星期有三十小時浪費在一個完全無用的工作上，而且我也不可能在公立圖書館裡從事眞正的工程。我需要一間製圖室，這是個包括有可以處理設計問題的工廠，有商品目錄、專業期刊、計算機，以及所有其他的一切。

我決定至少得弄個專業人員助理的工作。我還不至於愚蠢到以爲自己恢復了工程師的身分，仍有太多技術還未好好吸收，像有好幾次，我想到用我學到的某項新技能去做什麼事，卻在圖書館發現已經有人解決了同一個問題，比自己第一次的嘗試更漂亮、更優良、更便宜，而且十年或十五年前就解決了。

我需要找個工程方面的工作，好好吸收這些新資訊。一直希望自己能弄到像助理製圖員的工作。

目前的社會已在使用有動力裝置的半自動製圖機，我看過這種機器的圖片，但還不曾親身碰到。但我直覺，只要有機會，我可以在二十分鐘內學會怎麼用，因爲這種製圖機實在非常類似自己曾經有過的一個概念：機器之於製圖桌和丁字尺的關係，就像打字機之於紙筆手寫的關係。我曾經在腦袋裡構想出整個概念，如何只要敲幾個鍵，就能把直線或曲線置放在畫板上的任何地方。

不過，我雖然確定萬能法蘭克被偷了，但我卻非常確定自己的概念並沒有被偷，因爲我的製圖機只存在於我的腦袋，不可能出現在別的地方。但只要有人也有同樣的概念，即很自然地用同樣的邏輯方式開發出來，如同當鐵路建設的時代來臨，人們就會開始建設鐵路的道理一樣。

目前阿拉丁公司（製造勤勞夥計的同一家公司）生產市面上最好的製圖機之一：即製圖阿丹。我提出存款，買了一套比較好的西裝外加一個二手的公事包，裡面塞滿報紙，然後出現在阿拉丁門市部，說我希望能夠「買」一台。我請他們做個示範。

然後，等我真正接近一台製圖阿丹的時候，我卻有一種最沮喪的感覺。心理學家說的「似曾相識」，即如「我以前來過這裡」一樣。那個要命的產品就像我原本想開發的樣子，絲毫不差，要是我有時間去做……而不是被綁去冬眠的話。

別問我到底爲什麼會有那種感覺，一個人肯定知道自己作品的風格。一名藝術評論家會說某幅畫是魯本斯或林布蘭特的作品，根據筆法、光線的處理、構圖、顏料的選擇……十幾種特徵來判斷。工程不是科學，而是一種藝術，而要如何解決工程問題，總是有許多方式可供選擇。就像畫家一樣，工程設計師當然也會用各種選擇在自己的作品上「簽名」烙印。

對製圖阿丹，我有那種強烈的味道，完全表現出自己的技法，讓我覺得非常坐立不安。我開始懷疑世界上到底有沒有所謂的心靈感應。

我仔細找出它第一個專利的號碼。處在我當時的狀況下，我並不意外地發現，第一個專利的日期是一九七〇年。我決定要查清楚這玩意兒到底是誰發明的。很可能是某一位曾經教導過我的老師，而我的一部分風格就是從那裡學來。或者可能是某位曾經和我共事的工程師。

那位發明人可能還活著。如果是這樣，有一天我會去把他找出來……認識一個心智運作和我幾乎一模一樣的一個人。

但我勉強振作起來，讓業務員展示製圖阿丹如何運作。他簡直不必費事，製圖阿丹和我根本是天生的一對。不到十分鐘，我就能玩得比他順手，用它畫了一些很漂亮的圖形，最後，我有點不情不願地停下來，問完目錄定價、折扣、售後服務的安排後，他正準備要請我在虛線上簽名，我只說我會再和他聯絡，就趕快離開了。這是個卑鄙的手段，但我也只不過讓他浪費一小時而已。

我從那裡直接去幫傭姑娘的總工廠，打算申請一份工作。

我知道貝麗和邁爾斯已經不在幫傭姑娘公司了。我必須工作，也要花很多時間趕上現代工程新知，而在所剩不多的空閒時間裡，我一直在尋找貝麗和邁爾斯，尤其是要找到瑞琪。這三個人都沒有登記在大洛杉磯的電話系統上，在美國境內的相關資料也沒有，因爲我付了錢請人在克里夫蘭的全國總局做了一次「情報」搜尋。我更花了四倍的費用搜尋貝麗，「根特利」和「達金」兩個姓都試過了。

幫傭姑娘公司小心謹慎地承認（由一位負責處理愚蠢問題的第十七任副總裁所寫的信），他們在三十年前曾經有叫這兩個名字的主管，但是他們如今也幫不上我的忙。

對於一個時間不多而金錢更少的外行人來說，要找出一條已經凍了三十年的線索根本做不到。我並沒有他們的指紋，否則我可能會試試ＦＢＩ。我不知道他們的社會福利號碼。「吾國汝土」一向不曾任憑警政記錄胡搞，因此也沒有任何政府機構必然有每個公民的相關檔案，即使有這類檔案，我也不見得有適當的身分去碰。

或許找個偵探社，花上一筆錢，就能請人翻出公用事業使用記錄、報紙檔案，以及上帝才知道的資料，然後追蹤到他們。但我並沒有這種可以揮霍的金錢，也沒有才能和時間自己去做。

我終於放棄尋找邁爾斯和貝麗，同時也允諾自己，等到我能負擔得起，就會立刻請專業人員去追查瑞琪的下落。我已經確定她名下沒有幫傭姑娘股份，我曾經寫信給美國銀行，看看他們是否有（或是曾經有過）她的信託。我收到一封制式說明回信通知，這類事項屬於業務機密，所以我再寫一次，說明我才剛從冬眠醒來，而她是我還在人間的唯一親人。結果收到一封友好的信，由其中一位信託經理人署名，說他很遺憾，即使我的狀況非常特殊，但關於信託受益人的資訊實在無法洩露，但他覺得情有可原，因此給我否定的資訊，該銀行在任何時期，從來不曾有任何分行接受過一位菲德瑞嘉・維姬妮亞・根特利的信託。

這似乎確定了一件事。那兩個傢伙不曉得用什麼方法，竟然弄走了小瑞琪手上的股票。照我所寫的那樣，我的股份轉讓書一定必須通過美國銀行，但事實上並沒有。可憐的瑞琪！我們兩個都被搶了。

我又做了一件嘗試。莫哈維督學辦公室的確有位小學生名叫菲德瑞嘉・維姬妮亞・根特利的記錄……但這名學生早在一九七一年就取走了轉學成績單。此後就沒有任何異動的記錄。

知道某個地方有某個人承認瑞琪曾經存在過，的確帶給我某種慰藉。但美國境內有幾千所公立學校，她可能帶著成績單去任何一所學校報到。如果要寫信給每一所學校，那得花多少時間？而且，就算學校願意回信，他們的記錄結果是否能幫我找到答案？

在兩億多人當中，一個小女孩很可能就這樣消失不見，彷彿丟進大海的小石子。

我的搜尋雖然沒有成功，卻讓我能自在地在幫傭姑娘公司找到工作，因爲我知道邁爾斯和貝麗已不在經營職務上。自動機械公司有上百家，我大可隨便找一家試試看，但幫傭姑娘和阿拉丁是家電自動化領域中的大廠，就像福特和通用汽車在汽車的全盛時期所佔的重要地位一樣。我選擇了幫傭姑娘，有一部分是情感上的理由，我想要看自己的老公司變成什麼模樣。

二〇〇一年三月五日星期一，我到他們的人事部門，到白領雇員那條線上排隊，塡了十幾份和工程毫無關係的表格，還有一份的確有關係的表格……卻只是告知：別找我們，我們會找你。

我在附近閒晃，靠著纏功，終於勉強進去見到一個管招聘的勢利眼助理，他不太情願地仔細看看那份不知有什麼意義的表格，然後說我的工程學位毫無意義，因為我已經隔了三十年未曾使用自己的專業技能。

我向他說明我才剛從冬眠醒來。

「這就更糟糕了。無論如何，我們不雇用四十五歲以上的人。」

「但我不又是四十五歲，我只有三十歲。」

「你是一九四〇年出生的，對不起。」

「你說我應該怎麼做？舉槍自盡嗎？」

他聳了聳肩。「假如我是你，我會申請養老金。」

我很快走了出去，不然我會當場給他難堪。大約走了四分之三哩路，繞到前門入口，走進大門。總經理名叫柯提士，我請求要見他。

我只是強調我有事找他，就通過了最底下的兩層。幫傭姑娘公司並不使用他們自己的機器人當接待員，而是有血有肉的服務人員。登上了好幾層樓後，大致已（據我判斷）離大老闆是兩道門了，就在這裡，我碰到了一位確實嚴格把關的人，她堅持要知道我找總經理有什麼事。

我看看四周。這裡是個相當大的辦公室，大約四十個人，還有一大堆機器。她厲聲說：

「對不起？請說明您找他有什麼事，我會和柯提士先生的祕書查証一下。」

我用大家一定都聽得見的聲音說：「我想知道他打算對我老婆怎麼樣！」

六十秒之後，我進了他的私人辦公室。他抬起頭來。「嗯？這個人到底是在胡說八道些什麼？」

我說明了半小時之久，再抬出一些老舊的記錄，才讓他相信我的確沒有太太，而且我其實是這家公司的創辦人。然後他拿出雪茄和美酒，氣氛一下熱絡起來，我也見到了業務經理和總工程師，以及其他部門的主管。「我們以爲您已經死了，」柯提士告訴我。「事實上，公司的歷史沿革是這麼說的。」

「D．B．戴維斯，不過是個傳聞而已！」

業務經理傑克．蓋洛威突然說：「您目前從事什麼行業，戴維斯先生？」

「沒什麼。我……呃，我目前在汽車業。可是我要辭職了。問這做什麼？」

『問這做什麼？』難道還不夠清楚嗎？」他誇張地轉身看著總工程師麥克比先生。「聽見了嗎，老麥？你們工程師都一樣，你們不會知道他是行銷的有利條件。『問這做什麼？』戴維斯先生！因爲你是銷售的模特兒，就是這樣！因爲你就是傳奇。『公司創辦人死後復活，回來看他的創作。第一代機器僕佣的發明者，回來視察他的天才發明的成果。』」

我急忙說：「先等一等，我不是廣告模特兒，也不是電視明星。我有我的隱私。我來這裡不是爲了此目的，我的目的是找工作……工程方面的工作。」

麥克比先生的眉毛挑了起來，但他沒說什麼。

我們爭論了好一會兒之後。蓋洛威努力要告訴我，我對找到自己創立的公司有完全的責任。麥克比先生很少開口，但顯而易見的是，他認爲我不該加入他的部門，他問過一次我對設計固態電路有什麼瞭解，而我不得不承認，我對這領域的知識只限於讀過一些非機密的書刊。

柯提士終於提出了一個折衷的建議。「聽我說，戴維斯先生，你顯然具有一個非常特殊地位的人。有人可能會說，你所建立的不只是這家公司，而是整個相關工業。然而，正如麥克比先生點出的，從您冬眠的那一年起，整個產業已有巨大的變化。我提議把您放在員工名單上，頭銜就叫……呃，『榮譽研究工程師』。」

我猶豫了一下。「這到底代表什麼？」

「您要它代表什麼，它就代表什麼。不過呢，我也坦白告訴您，我們希望您能配合蓋洛威先生。我們不只製造這些產品，我們還得把產品賣掉。」

「呃，我有沒有機會做任何工程方面的事呢？」

「那就看您了。您有場地和設備，也可以做您希望做的事。」

「工廠的設備呢？」

柯提士轉頭去看麥克比。這位總工程師回答：「當然，沒問題……在合理的範圍內，當然可以。」他連蘇格蘭西南方言都用上了，我幾乎聽不懂他在說什麼。

蓋洛威很快地說：「那就說定了。我可以先告退嗎，B．J．?別走開，戴維斯先生，我們還打算幫你拍張照片，而且和最早期的幫傭姑娘合照。」

他眞的爲我們合照。我很樂意見到她……就是我花了好大的心力，親手組裝的那一型。我想要看看她是不是還能運作，但麥克比不肯讓我啓動她，我認爲他一定不相信我知道她的運作方式。

三月和四月，我在幫傭姑娘度過了美好的時光。我有了想要得到的所有專業工具、技術期刊、不可缺少的商品目錄、一個實用的圖書館、一台製圖阿丹（幫傭姑娘本身不生產製圖機，但他們用的是市面上最好的製圖機，也就是阿拉丁出品的），以及專業人員的技術用語……聽來眞是十分悅耳！

我尤其和恰克．弗洛登堡混得很熟，他是元件助理總工程師。依我看，恰克是那裡唯一眞正的工程師，其他人都是教育過度的笨拙機械工匠……包括麥克比在內，我認爲，光是看這位總工程師，就能清楚知道要成爲工程師不能只靠學位和蘇格蘭口音。等我們混得更熟後，恰克承認他也有同樣的感覺。「老麥其實不喜歡任何新東西，他寧願用他爺爺在克萊德河岸那樣的方式做事。」

「他怎麼坐上這個位子的？」

弗洛登堡並不知道詳細情形，但看樣子，現在的公司曾經是個製造業公司，只是向幫傭姑娘公司租用專利（我的專利）而已。而大約在二十年前，因爲某種節稅合併，幫傭姑娘和製造公司換股，而新公司就用了我先前看到的那個名稱。恰克認爲麥克比應是在那時候受雇的。「他也有股份吧，我想。」

恰克和我常常在晚上一起坐下來喝啤酒，討論工程學問，公司需要些什麼，以及諸如此類的事情。他最初之所以對我有興趣，是因爲我曾經是個冬眠人。我發現，有太多人對於冬眠人有一種好奇又害怕的興趣（彷彿我們是怪胎一樣），因此我避免讓人知道我是。但恰克對時間跳躍本身非常著迷，而且他的興趣相當合理，只是想知道，從一個記憶眞的只像「昨天」那樣的人回想起來，在他出生之前的世界會是什麼模樣。

他也樂意投桃報李，對我腦袋裡一直冒出來的新玩意兒提出批評，在我以爲（常常如此）概略想出某種「新」東西的時候，他會導正我……因爲這在公元二〇〇一年已經過時了。在他的友善引導之下，我逐漸以飛快的速度成爲一名現代工程師。

就在四月的某個晚上，我大略向他提到醞釀已久的自動祕書概念時，他緩緩地說：「丹尼，你這項工作是在上班時間做的嗎？」

「唔？並不盡然。爲什麼？」

「你的合約上是怎麼寫的？」

「什麼?我沒有合約。」柯提士把我放在薪資名單上，然後蓋洛威拍了幾張我的照片，再請個捉刀作家問了幾個蠢問題，就是如此而已。

「嗯……夥伴，除非你確定你自己站在哪裡，否則我不會做任何動作。這概念眞的很新。而且我認爲你可以成功。」

「我倒不會煩惱過那方面的問題。」

「先把它收起來，放一段時間。你知道公司目前的狀況。我們有賺錢，而且產品也不錯。可是這五年來，我們推出的少數幾項新產品，都是用授權方式買來的。我有什麼新產品都過不了老麥這一關。但你可以跳過老麥，直接去找大老闆談。所以先不要……除非你想要把它交給公司，純粹只是爲了你的薪資支票。」

我接受了他的建議。我繼續做設計，把自己認爲不錯的任何草圖燒掉，既已進我腦袋，就不需要草圖了。我這麼做並不覺得內疚，他們並不是請我來當工程師的，而是付錢讓我當蓋洛威的展示櫥窗的模特兒。等到榨乾我的廣告價值，他們會給我一個月的薪水，謝謝我，然後讓我走路。

而等到那時，我早已再度成爲一個眞正的工程師，能夠開設自己的事務所。如果恰克想要跳槽，我會帶著他走。

蓋洛威並沒有把我的故事交給報紙，而是利用全國性的雜誌慢慢地玩，他希望《生活》雜誌做一次報導，配合他們在三十多年前對幫傭姑娘第一個量產型號所寫的文章。《生活》

並沒有上鉤，但那年春天，他的確將這報導「移植」在幾個地方，把文章和平面廣告結合在一起。

曾經本來考慮要留鬍子。後來我明白，根本沒有人認得我，即使認得也不會在乎。

我收到幾封怪信，其中有一個人寫信來，詛咒我會在地獄裡燃燒，直到永恆，因爲我蔑視了上帝給我的人生規劃。我隨手扔了它，心裡想著，要是上帝眞的反對發生在我身上的事，祂根本就不應該讓冬眠成爲可能。此外，就沒其他人來煩我了。

不過，二〇〇一年五月三日星期四，我的確接到一通電話。「蕭茲太太在線上，先生。您要接電話嗎？」

蕭茲？眞糟糕！上次和多堤先生通電話的時候，我還答應他我會處理這件事的。而我一直拖拖拉拉的，因爲我不想處理，我幾乎可以確定那又是一個怪人，會追著冬眠人跑，問一些私人問題。

但是，多堤告訴我，自從我在十二月出院之後，她曾經打了好幾次電話。按照護眠中心的政策，他們拒絕把我的地址給她，只同意把信息轉達給我。

嗯，看在多堤的份上，我也該讓她閉上嘴。「把她接過來。」

「請問是丹尼．戴維斯嗎？」我的辦公室電話沒有螢幕，她看不到我。

「我就是。您是蕭茲太太嗎？」

「喔，丹尼，親愛的，聽到你的聲音眞是太好了！」

我並沒有立刻答腔。她繼續說：「你不認得我了嗎？」

我認得她，認得很清楚。她就是貝麗・根特利。

# 七

我和她約了時間見面。

我的第一個念頭，就是想叫她去下地獄，然後掛掉電話。我從很久以前就明白報復是很幼稚的，報復不可能讓彼得回來，而報復的行爲只會讓我去坐牢。自從我不再四處尋找貝麗和邁爾斯之後，我就很少會想到他們。

但貝麗大概會知道瑞琪在哪裡。所以我才會和她見面。

她希望我帶她去吃飯，但是我不肯。我倒不是對於餐桌禮儀很挑剔。但吃飯這種事，你只適合和朋友一起，我會見她，但不打算和她吃飯或喝酒。我記下她的地址，告訴她我會在當天晚上八點鐘到達。

那是個廉價的出租公寓，沒有電梯，位於市區（勒布利亞下城區）尚未變更到「新都市計劃」的部分。在我按門鈴以前，我就知道她並沒留住從我這裡騙來的錢，不然她也不會住在那裡。

在我看到她的時候，我才明白想要報復也太遲了，她自己和這幾年的風霜已經替我做到了。

貝麗的年紀絕對不少於她原先所講的五十三歲，事實上大概更接近六十歲。藉由老人醫學和內分泌學的幫助，一個女人如果肯費事打點自己，至少有三十年的時間可以保持三十歲的外貌，而且有很多人的確保養得宜。如有些明星吹噓自己已經當上祖母，卻仍然扮演小女人的角色。

貝麗並沒有費事去保養。

她身材肥胖，聲音尖銳，興奮得像隻小貓。顯而易見的是，她仍然把她的肉體看成是自己的主要資產，因爲她穿著「絲麗貼」居家服，露了太多贅肉，卻也展現出她是雌性的哺乳動物，明顯飲食過度而運動不足。

她毫無自知之明。那個曾經敏捷的腦子已經模糊不清，只留下她的自負，以及她那種令人無法忍受的過度自信。她發出歡喜的尖叫聲，整個人向我撲過來，我還沒來得及解開她的糾纏，她就抱著我、親吻我。

我輕輕推開她的手腕。「放輕鬆點，貝麗。」

「可是，親愛的！看到你，我實在非常快樂，非常興奮，我實在太激動了！」

「我相信。」我到那裡之前，就已決定要忍住怒氣……只要問清楚我想要知道的事就立刻離開。但我發現這實在很困難。「還記得你上次看到我的情形嗎？在我身上打針，好讓你們可以把我塞進冬眠的冰箱。」

她露出困惑而受傷的表情。「可是，親愛的，我們都是爲了你好才會那麼做！你當時病得那麼嚴重。」

我想她還眞的相信。「罷了，罷了。邁爾斯在哪裡？你現在是蕭茲太太嗎？」

她睜大了雙眼。「難道你不知道嗎？」

「知道什麼？」

「可憐的邁爾斯……可憐的，可愛的邁爾斯。丹尼，在你離開我們之後，他不到兩年就走了。」她的表情突然變了。「那個爛人欺騙了我！」

「那可眞令人遺憾。」我很納悶他是怎麼死的。他是摔下來或是被推下來的？喝了砒霜湯嗎？我決定繼續抓住重點，別等到她離題太遠。「瑞琪後來怎麼了？」

「瑞琪？」

「邁爾斯的小女兒。菲德瑞嘉。」

「喔，那個可惡的小鬼！我怎麼知道？她去和她祖母一起住了。」

「在哪裡？還有，她的祖母姓什麼？」

「在哪裡？土桑？或是優瑪？還是某個類似的沉悶地方。也有可能是因第歐（Indio）。親愛的，我不想談那個令人受不了的孩子，我想要談談我們。」

「等一等。她的祖母姓什麼？」

「丹尼小子，你實在很煩人。我怎麼會記得這種事？」

「是什麼？」

「喔，韓諾林……或是韓尼……韓恩茲，或者也可能是韓克利。別那麼無趣嘛，親愛的。我們來喝一杯吧。我們來舉杯慶祝我們快樂的團圓。」

我搖了搖頭。「我不喝這種飲料。」這一點幾乎是正確的。我發現酒精是患難中無法信任的朋友，我通常限制自己頂多只能和恰克．弗洛登堡一起喝杯啤酒。

「眞是非常無趣，親愛的。你不介意我來一杯吧。」她已經在倒酒了，不加其他東西的杜松子酒，寂寞女郎的朋友。不過，她還沒把酒喝下去，卻先拿起一個塑膠藥瓶，倒了兩顆膠囊在手掌心。「要來一顆嗎？」

我認得那個條紋外包裝，歡喜丸（Euphorion）。這玩意兒應該不會中毒也不會成癮，但各界的意見不同。有人強烈倡議把它與嗎啡及巴比妥酸鹽歸爲同一類。「謝了，我這樣就好。」

「那就算了。」她把兩顆都吞了，用杜松子酒送下。我相信，假如我想要知道任何事，還是說快一點比較好，要沒多久，她就什麼也說不了了，只會咯咯傻笑而已。

我扶住她的臂膀，扶她坐到沙發上，然後在她對面坐下。「貝麗，把你自己的事告訴我。告訴我事情的發展始末。你和邁爾斯怎麼和曼尼克斯的人怎麼談？」

「呃？可是我們沒成功。」她突然發起火來。「都是你的錯！」

「唔？我的錯？我根本不在場。」

「當然是你的錯。你用舊輪椅做出來的那個怪玩意兒……那個才是他們要的產品。可是後來卻不見了。」

「不見了？在哪裡不見的？」

她用貪婪而猜疑的眼神盯著我看。「你應該知道的，是你拿走的。」

「我？貝麗，你瘋了嗎？我什麼也不可能拿的。我直挺挺躺在冰箱裡，我在冬眠啊！在哪裡不見的？什麼時候不見的？」這倒是符合我自己的想法，假如貝麗和邁爾斯沒有利用到萬能法蘭克，那一定被人偷走了。但在地球上幾十億人口中，我是最不可能的那一個。自從那個悲慘的夜晚，他們以投票擊敗我之後，我就沒再見過法蘭克。「告訴我一切，貝麗。在哪裡不見的？還有，你怎麼會以為是我拿的？」

「一定是你。別人都不知道它有什麼重要。那堆垃圾！我告訴邁爾斯，別把它放在車庫。」

「可是如果有人眞的把它偷走，我不太相信他們眞的能讓它運作。你們還有全部的筆記和操作指南，還有圖示。」

「我們也沒有。邁爾斯，那個笨蛋，把文件全都放在那東西裡面，就在那天晚上，我們得把它搬走，我們要保護它。」

我不想爲了「保護」這兩個字爭吵。我本來想說，他不可能把好幾磅的紙張塞進萬能法蘭克，它早已經像隻塡鴨那樣塞得滿滿的，這時，我突然想起我在它的輪椅底盤最下方做了一個臨時置物架，以便在我處理它時存放一些工具。任何一個在倉促下的人，非常可能會把我的工作檔案倒進那個空間中。

無所謂了，無論犯下一件或幾件罪行，事情都已經過了三十年了，我只希望查出幫傭姑娘公司是怎麼從他們手中溜走的。「曼尼克斯那件交易失敗之後，你們怎麼處理公司？」

「我們當然繼續經營。後來，賈克辭職的時候，邁爾斯說我們必須關廠。邁爾斯是個懦夫……而且我一向不喜歡那個賈克・許密特。老是鬼鬼祟祟的。一直問你為什麼會退出……好像我們可以阻止你似的！我希望我們找個好領班，繼續做下去。公司一定會值更多錢。但邁爾斯堅持己見。」

「然後呢？」

「哎呀，然後我們當然是授權給吉瑞工業。你知道這件事的，你如今就在那裡工作。」

我的確知道這件事，幫傭姑娘的公司全名現在是「幫傭姑娘家電暨吉瑞工業股份有限公司」，不過商標上只寫著「幫傭姑娘」。我需要知道，而這個老肥婆能夠告訴我的事，似乎都已經問到了。

但還有一件事讓我不解。「就在你們授權給吉瑞工業之後，你們兩個把股票賣了？」

「唔？你怎麼會有那麼愚蠢的想法？」她的表情突然垮掉，開始抽抽噎噎，有氣無力地到處找手帕，然後放棄尋找，任憑眼淚流出來。「他欺騙了我！他欺騙了我！那個爛人欺騙了我……他把我排除掉了。」她吸吸鼻子，沉思了一會兒，才說：「你們全都欺騙了我……而你是最惡劣的一個，丹尼小子。枉費我對你那麼好。」她又開始放聲痛哭。

「他是怎麼欺騙你的，貝麗？」

「什麼？哎呀，你知道的。他把財產全部留給他那個骯髒的小搗蛋鬼……可是，他畢竟答應過我……而且在他傷得那麼重的時候，我曾經悉心照料他。而她根本不是他的親生女兒。那就是證明。」

這是我一整晚聽到的第一件好消息。瑞琪顯然逃過一劫，即使他們已經把我的股票從她手裡奪走。於是我回到最重要的一點。「貝麗，瑞琪的祖母姓什麼？還有，他們住在哪裡？」

「你問誰住在哪裡？」

「瑞琪的祖母。」

「瑞琪是誰？」

「邁爾斯的女兒。努力想一想，貝麗，這很重要。」

這讓她又發作了。她指著我的鼻子，尖聲喊叫：「我就知道你。你愛上她了，就是那樣。那個偷偷摸摸的卑鄙小鬼……她和那隻討厭的貓。」

一聽到她提起彼得，我感到一陣怒火上衝。但我努力抑制心中的怒氣。我只是抓住她的雙肩輕輕搖晃。「打起精神，貝麗。我只想知道一件事。他們住在哪裡？邁爾斯寫信給她們的時候，他是怎麼寫地址的？」

她向我踢了一腳。「我不想和你講話了！自從你一進來這裡，就一直讓人討厭得不得了。」然後，她似乎一下子清醒起來，輕聲說：「我不知道。她祖母姓韓納克，好像是那樣。我只見過她一次，在法院，在她們來處理遺囑的時候。」

「那是什麼時候？」

「當然就是在邁爾斯死後不久。」

「邁爾斯是什麼時候死的，貝麗？」

她又換了情緒。「你想要知道的太多了，你就像那些警官一樣壞……一堆問題，問不完的問題！」然後，她抬起頭來，用祈求的語氣說：「讓我們忘了一切，做我們自己就好。現在就只有你和我了，親愛的……我們眼前還有人生要過。三十九歲的女人並不算老……老蕭茲說我是他見過的最青春的小女人，那個老色鬼見過的世面可不少，我告訴你！我們可以過得非常幸福，親愛的。我們……」

我實在受夠了，即使扮偵探也演不下去。「我得走了，貝麗。」

「你說什麼，親愛的？哎呀，還早嘛……而且我們還有一整晚的時間。我本來想……」

「我不在乎你怎麼想。我現在就得離開。」

「喔，親愛的！實在太遺憾了。我什麼時候還會再見到你？明天嗎？我明天很忙，但是我會把其他的約會推掉，然後……」

「我不會再見到你了，貝麗。」我就走了。

我的確沒再見過她。

我一回到家就洗了個熱水澡，刷得很用力。然後我坐下來，努力把我剛才的任何發現組合起來。貝麗似乎認爲瑞琪她祖母的姓是H開頭（如果貝麗的胡說八道有任何意義的話，不過這實在非常非常令人懷疑），而且她們曾經住在亞利桑那州的某個沙漠城市，也有可能是加州。嗯，或許專業的偵探用得上這個線索。

或許用不上。無論如何，這會是繁瑣而昂貴的工作，我得等到自己負擔得起。

我知道這件事還有其他意義嗎？

邁爾斯死時大約是一九七二年（貝麗是這麼說的）。如果他死在本郡，只要幾個小時搜尋，我應該查得出死亡日期，然後應該找得到他的遺囑聽證會的事……假如眞的像貝麗說的那樣。透過這裡，我也許查得出瑞琪當年住在哪裡。法院會保留這類記錄嗎？（我不知道。）把間隔時間減到二十八年，並且找到她在那麼久以前所居住的城鎮，是否會有任何收穫了呢？

尋找一名今年四十一歲，而且幾乎可以肯定已婚、有孩子的女人，難道還有任何意義嗎？那個曾經是貝麗·達金的痴肥女人讓我非常震驚，我開始明白三十年有可能意味著什麼。我倒不是害怕瑞琪長大之後變得一點也不優雅或不和善……可是她還會記得我嗎？喔，我倒不認爲她會完全忘了我，難道我會是一個沒有面目的記憶，是她有時候會叫「丹尼叔叔」而且是養了那隻帥貓的人？

難道我不是也活在過去的幻影當中，就像貝麗那樣嗎？

哎呀，再試著去找她也不會有什麼損失。至少，我們每年還可以互寄耶誕賀卡。她的丈夫不會連這個都反對的。

# 八

隔天早上是五月四日星期五。我沒去上班，反而去了本郡的「記錄局」。他們正在搬家，告訴我下個月再來，接著我到了《時報》的辦公室，差一點因爲使用微縮掃描閱讀機而扭傷頸椎。不過我倒是發現，如果說邁爾斯是在我被塞進冷藏櫃之後的十二個月到三十六個月之間死亡，他也不是死在洛杉磯郡，如果死亡記錄正確的話。

當然，法律並沒有規定他非得死在洛杉磯郡。人可以死在任何地方。政府並無法可管。

或許在加州首府沙加緬度可能有整個州內的記錄。我決定改天找個時間親自去查一查，於是我向《時報》圖書館員道謝，吃過午餐後回到幫傭姑娘公司。

有兩通電話留言和一張便條等著我，全都是來自貝麗。我才看到紙上寫「最親愛的丹尼」就把它撕碎，告訴櫃檯以後別再接受蕭茲太太找我的電話。然後，我去了會計部門，問會計主任能不能查到已失效股權的持有記錄。他說他會試一試，於是我根據記憶，把曾經持有過的原始幫傭姑娘股票，把編號告訴他。這倒不需要什麼記憶力，我們一開始的時候核發了剛好一千股，我持有前面的五百一十，而貝麗的「訂婚禮物」是從前面切下來的。

我回到自己的小隔間，發現麥克比正在等我。

「你去了哪裡？」他想要知道。

「出去辦點事。怎麼了？」

「這根本不是充足的理由。蓋洛威先生今天進來找你兩次。我不得不告訴他，我不知道你在哪裡。」

「喔，你也行行好！要是蓋洛威眞的要找我，他最後一定找得到。如果他肯花一半的時間根據貨物本身的優點來行銷，而不是老是天馬行空些可愛的新角度，公司一定會比較好。」蓋洛威開始讓我覺得討厭了，他應該要負責銷售業務，但在我看來，他老是和我們的廣告代理商瞎混。不過我是有偏見，工程是唯一讓我有興趣的部分。至於其他的東西，我覺得都是文書作業，只是間接成本而已。

我知道蓋洛威要找我做什麼，而且，說句老實話，我一直在拖拖拉拉。他要我穿上一九〇〇年的服裝拍照。我告訴過他，我可以穿上一九七〇年的服裝，他想拍多少張照片就拍多少張，但那個一九〇〇年比我父親出生還早了十二年。他說沒有人會知道其間差別，於是我告訴他算命仙對警察是怎麼說的。他說我的態度不對。

老是利用幻想的美感來愚弄大眾的人，總是以爲除了他們自己以外沒人會看書寫字。

麥克比說：「你的態度不對，戴維斯先生。」

「是嗎？對不起。」

「你的身分很奇特，你屬於我的部門，可是我卻應該讓你隨時可以配合廣告和銷售部門的人。從現在開始，我想你還是像大家一樣上班打卡……而且每次你在上班時間內要離開辦公室，最好先向我報備一下。請務必注意到這一點。」

我慢慢在心裡從一數到十，而且用二進位來數。「老麥，你自己有用打卡鐘嗎？」

「呃?當然沒有。我是總工程師。」

「誰不知道你是，那扇門上面寫得很清楚。可是，聽我說，老麥，我在這地方當總工程師的時候，你還沒開始長鬍子呢。你眞的以爲我會向打卡鐘屈服嗎？」

他漲紅了臉。「也許不會。但我可以告訴你這一點：如果你不照辦，你就領不到薪水。」

「是嗎?雇用我的人不是你，你也無權炒我魷魚。」

「嗯……我們走著瞧。我至少可以把你從我的部門調出去，轉到廣告部門去，那才是你應該去的地方，如果你還屬於任何部門的話。」他看了我的製圖機一眼。「你一定沒在這裡創作任何東西。我可不希望讓那台昂貴的機器空在那裡太久。」他輕快地點點頭。「祝你有個美好的一天。」

我跟著他走出去。有一台「辦公室小弟」滾了進來，把一個大型信封放進我的收件匣，但我並沒有停下來看看那是什麼東西，我到樓下的員工咖啡廳，發了一頓脾氣。就像一大堆頑固不只三倍的老古董一樣，老麥還以爲創意工作可以用數字來完成。難怪這家老公司好幾年沒生產任何新產品了。

唉，管他去死。反正我也不打算在這裡耗太久的。

大約一小時後，我才慢條斯理回到樓上，發現有個內部郵件的信封在我的收件匣裡。我把它打開，以爲老麥已經決定立刻拿我開刀。

但這封信是從會計部門送來的，上面寫著：

親愛的戴維斯先生：

事由：股權查詢

關於大份的股權，從一九七一年的第一季到一九八〇年的第二季都有根據原始股份發放股利，付給漢尼克名義的信託。本公司於一九八〇年改組，我手上目前關於當時的資料有點含糊不清，但看來好像是對等的股票（在公司改組之後）售予「大都會保險集團」，而且如今仍然由該集團持有。至於較小份的股權，是由（正如您所猜測的）貝麗・D・根特利所持有。直到一九七二年，才轉讓給「大山承兑公司」，該公司將股份拆成幾份，透過「櫃台」方式零售賣掉。若有需要，我們可以追蹤每一份持股，以及公司改組後對等股票的確實後續歷史，但這會需要更多時間。

假如敝部門能為您提供任何進一步的協助，請隨時與我們聯絡。

會計主任Y・E・路伊瑟（Reuther）

我打電話給路伊瑟表示謝意，告訴他我要的資訊都有了。我已經知道我給瑞琪的轉讓書從來不曾生效。因爲記錄上眞正顯示的一次股票轉讓是清楚的詐欺，所以那次的確漏掉了貝麗，而這個第三方很可能是她的另一個幫手，或者可能是個虛構的人物，在那之前，她大概已經在打算捲走邁爾斯的財產了。

在邁爾斯死後，她顯然很缺現金，於是賣掉了那塊小的股份。不過，一旦股票離開貝麗的控制，我才不在乎接下來發生了什麼事。我忘了請路伊瑟追蹤邁爾斯的股份……也許能引出和瑞琪有關的線索，雖然股權已經不在她手上。但這時已經是星期五傍晚了，星期一再問他。這時，我只想打開那個仍然等著我的大信封，因爲我已經看到了上面的回郵地址。

我在三月初寫信給專利局，詢問有關勤勞夥計和製圖阿丹的原始專利。我原本相信原始的勤勞夥計只是換了名字的萬能法蘭克，但自從製圖阿丹給了我第一次令人沮喪的經驗之後，這種信念已經有點動搖了，我開始認爲，既然這個不知名的天才想出來的製圖阿丹，會如此接近我原先想像的模樣，那麼也可能開發出萬能法蘭克的另一個平行對等產品。這個懷疑之所以會更強烈，是因爲兩個專利都是在同一年申請的，而且兩個專利的持有者（或在專利到期之前的持有者）都是同一家公司，即是阿拉丁。

但我一定得弄清楚。而且假如這位發明家尚在人世，我希望能會會他。他也許可以教我幾手。

我先寫信給專利局，卻只收到一封制式回信，說所有的期滿專利的記錄如今都存放在卡爾斯巴研究院的國家檔案中心；我再寫信給檔案中心，收到另一張制式回信，附上各種費用標準。於是我第三次寫信，附上一張郵政匯票（請勿使用私人支票），請他們寄來兩件專利的全部相關文件，包括說明書、專利申請範圍、圖示及文件記錄等。

這個厚厚的信封看起來很像是我要的答案。

上面一份是第四三〇七九〇九號，勤勞夥計的基本文件。我翻到圖示的部分，暫時先不去看說明書和專利申請範圍。反正專利申請範圍除了法庭以外根本不重要，在申請專利時撰寫申請範圍的基本想法，就是把範圍盡可能畫到最大、最廣的程度，再讓專利審查員一點一點確定下來。爲此，專利律師就應運而生了。而在另一方面，說明書必須根據事實，但我看圖示會比看說明書更快。

我不得不承認，它看起來不太像萬能法蘭克，它設計得比萬能法蘭克優良，功能更多，而且有幾個環節比較簡單，但基本的構想是一樣的，這點是肯定的，因爲一台由索氏管來控制的機器，而且是勤勞夥計的祖先，則必然是根據我用在萬能法蘭克上的同樣原理。

我幾乎可以看到自己開發出完全同樣類型的裝置……有幾分類似法蘭克第二代的機型，或者是法蘭克，卻沒有法蘭克的家用限制。

我終於翻到申請書和說明表件，看到發明者的姓名。

我看得非常清楚，那是Ｄ・Ｂ・戴維斯。

我看著它，用走音的調子悠悠吹著「我的榮耀」的口哨。所以貝麗又說謊了。我開始納悶，她一把鼻涕一把眼淚對我說了那麼多，其中到底有沒有任何眞話。貝麗當然是個病態說謊者，但我曾經在什麼地方讀過，病態說謊者通常有個模式，從事實開始，再加以修飾，而不是完全天馬行空胡說一通。顯而易見的是，我的法蘭克模型從來不曾「被偷」，而是移交給另一名工程師把它修得更好，然後以我的名字申請。

但是曼尼克斯的交易並未曾通過，這件事是確定的，因爲我看過公司的記錄。但貝麗說過，他們無法按照約定那樣生產萬能法蘭克，因此做不成曼尼克斯那筆交易。

難道邁爾斯自己偷走了法蘭克，卻讓貝麗以爲它被偷了？或是「又」被偷了。

如果是那樣……我暫時不再去猜，這就像尋找瑞琪的希望那樣渺茫，也許更加渺茫。我可能必須混進阿拉丁找個工作，才有可能查出他們是從哪裡弄到這項基本專利，以及這件交易是誰得了好處。目前大概也不值得去做，因爲專利已經過期，邁爾斯已死，而貝麗呢，即使她曾經拿過一個銅板，也早就把它弄丟了。我已經滿足了對我自己最重要的一點，著手證明了一件事：原始的發明人就是我自己。我挽救了專業上的自豪，只要一天三餐能得到溫飽，誰又在乎錢呢？至少我是如此。

於是，我翻到第四三〇七九一〇號，也就是第一台製圖阿丹。

那幾張圖示眞是賞心悅目。我自己不可能設計得更好，這小子眞的有一套。我著實讚嘆它的環節數目之少，以及線路使用的聰明方式，能將移動的零件減到最低限度。移動的零件就像盲腸，只是製造麻煩的來源，能拿掉就儘量拿掉。

他甚至用一台電動打字機當作鍵盤的底座，在圖示上註明採用某個ＩＢＭ專利系列，這點很聰明，完全是工程精華的體現，千萬別重複發明你可以在街上買到的東西。

我一定要知道這個腦筋靈活的小子是誰，所以我翻到文件的部份。

那是Ｄ．Ｂ．戴維斯的傑作。

坐了很長一段時間，才打電話給埃勃赫特醫師。他們找到他，我告訴他我是誰，因爲我的辦公室電話沒有影像。

「我認得你的聲音。」他回答。「你好呀，年輕人。你的新工作進展得如何呢？」

「好得很，他們只差還沒邀請我當合夥人。」

「給他們一點時間。其他方面還快樂嗎？覺得你自己還能適應嗎？」

「喔，當然！要是知道此時此地這麼棒，我一定會早一點去冬眠。即使拿錢給我，我也不肯回去一九七〇年。」

「喔，算了吧！那一年，我記得很清楚。我當時還是個孩子，住在內布拉斯加的一個農場。我常常去打獵和釣魚。我玩得很開心，至少比起我現在開心。」

「嗯，人各有所好。我喜歡現在。可是，聽我說，醫師，我打這通電話不是想談論哲學，我是爲一個小小的問題而來。」

「嗯，說來聽聽。應該會讓人如釋重負，大多數人都有大問題。」

「醫師？冬眠究竟有沒有可能引起健忘症？」

他猶豫了一下才回答。「想起來是有一點可能。我不能肯定我自己看過這樣的病例。我的意思是，如果與其他原因無關的話。」

「什麼樣的事會引起健忘症？」

「很多事都有可能。最常見的原因，也許是病人自己潛意識的希望。他會忘記一連串的事件，或是加以重組，因爲事實讓他無法承受。這是一種原始的功能性健忘症。另外，還有最常聽到的撞到頭，如創傷引起的健忘症。或者，也可能是透過暗示的健忘症……像受到藥物或是催眠的影響。小伙子，你是怎麼回事？找不到你自己的支票簿嗎？」

「倒不是那樣。就我所知，我現在過得還好。可是我對於冬眠以前發生的一些事無法連貫起來……這讓我開始擔心。」

「嗯……有沒有可能是我剛才提到的哪個原因呢？」

「是的，」我慢慢地說。「呃，全都有可能，也許除了撞到頭之外……而且即使是撞到頭，也有可能是在我喝醉的時候發生的。」

「我剛才漏了提，」他苦澀地說：「最常見的暫時性健忘症，是在酒精的作用下造成一段空白。聽我說，年輕人，你爲什麼不過來見見我，讓我們詳細談一談呢？如果我找不出讓你煩惱的根源，雖我不是精神科醫師，你知道我還可以把你轉介給某個催眠分析師，他能把你的記憶像洋蔥那樣層層撕開，他可以告訴你，在你小學二年級的二月四日當天，你上學爲什麼會遲到。可是他的收費非常貴，所以何不先讓我試試看呢？」

我說：「哎呀，醫師，我已經麻煩你太多了……而且你對於收錢又那麼保守。」

「年輕人，我一向關心我的病人，他們都像是我的家人。」

於是我向他說，萬一我還是弄不清楚，我星期一會再打電話給他，然後就掛上電話。反正我自己也要仔細想一想。

大部分的燈光已經熄滅，只剩我的辦公室還亮著；有一台「清潔工」系列的幫傭姑娘探頭進來看看，明白房間裡還有人，就靜悄悄地滑開了。我仍然坐在那兒。

不久，恰克．弗洛登堡探頭進來，說：「我以爲你早就離開了。醒一醒，回家再繼續睡。」

我抬起頭來。「恰克，我突然有個很棒的想法。我們去叫一桶啤酒和兩根吸管。」

他仔細考慮一下這個提議。「嗯，今天是星期五……而且我總是希望星期一還能有個清醒的腦袋，我才會知道那天是星期幾。」

「那就一起喝酒吧。等我一秒鐘，我得把一些東西塞進這個公事包。」

我們先喝了一些啤酒，再吃了一點食物，然後我們轉到一個音樂不錯的地方喝啤酒，之後又轉到另一個沒有音樂的地方，這裡的雅座有安靜的內襯，而且只要你每隔一小時左右叫點東西，他們就不會打擾你。我們一直聊。我把專利記錄拿給他看。

恰克仔細閱讀介紹勤勞夥計原型的文件。「做得眞是漂亮，丹尼。我眞爲你感到驕傲，好小子。我要你的簽名。」

「再看看這一個。」我把製圖機的專利文件拿給他看。

「這一份有幾個地方做得更漂亮。丹尼，你可明白，你對這項工藝現今領域的影響力，可能比，嗯，愛迪生當年的影響更大？好小子，你知道吧？」

「少來了，恰克，這件事不是在開玩笑。」我突然向那堆影印文件指了一指。「好，那麼就算是我發明其中一項。可是我不可能發明另外一項。我沒有做……除非我對自己在冬眠以前的生活徹底糊塗了……除非我得了健忘症。」

「剛才的二十分鐘，你一直在講這件事。可是你看起來不像腦子裡有哪條筋沒接好。你絕對不會比正常情況下的工程師更瘋狂。」

我猛拍了一下桌面，力道大得啤酒杯都搖晃起來。「我非知道不可！」

「冷靜一點。那麼，你打算怎麼辦？」

「唔？」我仔細考量了一番。「我打算付錢請精神科專家幫我挖掘出來。」

他歎了口氣。「我就知道你會這麼說。先聽我說，丹尼，我們假定，你付錢給這位腦袋修理工人來做這件事，而他卻報告說什麼問題也沒有，你的記憶好得很，而且你腦袋裡的全部線路都很正常。然後呢？」

「那是不可能的。」

「他們就是這樣對哥倫布說的。你甚至還沒提到最有可能的解釋呢。」

「唔？什麼？」

他沒有答腔，只是打手勢叫機械服務員過來，請它去拿大本的電話簿，要涵蓋整個都會區的。我說：「怎麼一回事？你要幫我叫車嗎？」

「還沒。」他快速翻查了一下這本巨大的電話簿，然後停下來，說：「丹尼，看一下這個。」

我看了。他的手指放在「戴維斯」上面。有好幾欄戴維斯。但他手指的地方有十幾個「D．B．戴維斯」，從「戴伯尼」到「鄧坎」都有。

上面有三個「丹尼爾．B．戴維斯」，其中一個是我。

「這還是不到七百萬人的區域，」他指出。「你想要拿超過兩億五千萬人的區域來試試運氣嗎？」

「這證明不了什麼。」我有氣無力地說。

「沒錯，」他同意，「是證明不了什麼。那也未免太巧了，我立刻同意，兩個工程師的才藝這麼類似，剛好在同一時期研究出同一種東西，也剛好同姓，而且名字的第一個字母相同。根據統計學的法則，我們大概可以大致估計出發生這種事的可能性有多低。可是人們忘了，尤其是應該更有知識的那些人，例如你自己，雖然統計學的法則告訴你某件特定的巧合有多麼不可能，但這些法則也同樣堅定地說明，那種巧合的確會發生。這看起來就像一件巧合。不過，我比較喜歡這個假設，總比我的啤酒伴腦筋短路好多了。好的啤酒伴是很難遇到的。」

「你認爲我應該怎麼做？」

「你要做的第一件事，就是別浪費你的時間和金錢去看精神科醫師，除非你先試試第二件事。而這第二件事，就是查清楚申請這項專利的這位『D・B・戴維斯』的全名。要做到這一點，會有個比較簡單的方法。也許他的名字不太可能是『德克斯特』，或者甚至是『桃樂絲』。可是如果眞的就是『丹尼爾』，你也不必覺得太意外，因爲中間的名字可能是『貝佐斯基』，而且社會福利號碼和你不一樣。而第三件事呢，其實應該是第一件才對，就是暫時忘了這件事，再去叫一輪啤酒。」

於是我們就這麼說定了，也談到了其他的事，尤其是女人。恰克有個理論，女人和機器有非常密切的關係，兩者都完全無法用邏輯預測，他用手指沾啤酒泡沫在桌面上畫圖，證明他的論點。

過了一會兒，我突然說：「假如世界上有眞正的時光旅行，我知道我會怎麼做了。」

「唔？你在說什麼話？」

「關於我的問題。聽我說，恰克，我來到這裡——我是說，來到『現在』我——用的是某種半生不熟的舊式時光旅行。但問題是我回不去。讓我坐立不安的一切事物，都是在三十年前發生的。我希望能回去，把事實眞相發掘出來……要是眞的有時光旅行這種事情的話。」

他盯著我看。「的確是有。」

「什麼？」

他突然酒醒了。「我不應該說的。」

我說：「也許如此，可是你已經說了。既是如此，你最好還是講清楚你是什麼意思，別等到我把這一大杯啤酒倒在你頭上。」

「忘了這件事吧，丹尼。我說溜嘴了。」

「講出來！」

「恕我無法照辦。」他掃視了一下四周。我們附近沒有別人。「這件事是機密。」

「時光旅行是機密？天哪，爲什麼？」

「哎呀，小子，你難道沒爲政府做過事嗎？要是做得到，他們也會把性愛列爲機密。未必非要有個理由，這只是他們的政策。但這的確是機密，而我也必須遵守。所以就別提了吧。」

「可是……別再胡鬧了，恰克，這件事對我很重要。眞的非常重要。」看到他沒有答腔，一副頑固的表情，我就說：「你可以告訴我。哎呀，我自己曾經是Q級許可，而且從來沒有取消。只不過我已經不爲政府做事了。」

「Q級許可是什麼東西？」

我解釋了一下，他才點點頭。「你是說甲級身分。你當年一定很炙手可熱，小子，我也只有乙級而已。」

「那你爲什麼不能告訴我？」

「唔？你知道爲什麼。無論你的等級身分如何，你也沒有『知道的必要』的基本資格。」

「我沒有才怪！最有『知道的必要』的人就是我。」

但他不爲所動，於是我終於憎惡地說：「我認爲根本沒有這種事。我想，你只是喝醉酒吹吹牛皮而已。」

他嚴肅地盯著我好一會兒，然後說：「丹尼……」

「唔？」

「我打算告訴你。只要牢牢記住你的甲級身分，小子。我打算告訴你，因爲這不可能有什麼損傷，而且我希望你明白，這對於你的問題不可能有任何用處。這是時光旅行，沒錯，但根本不實際。你用不上的。」

「爲什麼不行？」

「先聽我講，可以嗎？他們從來沒有完全解決許多小問題，而且甚至在理論上也不大可能解決。這根本沒有任何實用價值，甚至研究價值也沒有。它只是零重力的副產品，所以他們才會把它列爲機密。」

「可是，見鬼了，零重力已經銷密了。」

「那又有什麼關係？如果這個也商業化，或許他們就會解開。不過請你先閉上嘴。」

恐怕我的嘴是閉不上了，但我暫且還是得假裝自己忍得住。恰克在科羅拉多州立大學（博爾德分校）唸四年級的時候，爲了多賺點錢，他擔任實驗室助理。校方有個大型低溫實驗室，而他最初是在那裡面工作。但他們系上弄到了一份油水很多的國防合約，和愛丁堡場論有關，於是在郊外的山區建造了一所新的大型物理實驗室。恰克被派到那裡，協助特維契教授，即休勃·特維契博士，一個最近因爲沒拿到諾貝爾獎而氣憤難平的人。

「特維契突然有個想法，如果他繞著另一個軸進行偏振，就可以倒轉重力場，而不會把它弄平。什麼事也沒發生。於是，他把計算過程輸入電腦，看到結果的時候幾乎發了狂。當然，他從來不曾拿給我看過。他把兩個銀幣放進測試籠，當時在那幾個地方還使用硬梆梆的錢，不過，他先讓我在銀幣上做記號。他用力按下那個螺線管按鈕之後，銀幣就消失了。

「這倒不是什麼驚人的把戲。」恰克繼續說：「照理說，他接下來應該找個自願上台的小男孩，讓硬幣再次從男孩的鼻子出現。但他似乎滿意了，所以我也一樣，因爲我是按時數計酬的。

「一個星期後，其中一個銀幣又出現了。只有一個。但在這之前，有一天下午，他已經回家了，而我正在實驗室收拾東西，有一隻天竺鼠出現在籠子裡。牠不屬於實驗室，而且我也從來沒在附近見過牠，於是我回家的時候，順路把牠帶去生物實驗室。他們數了實驗室裡的動物，天竺鼠一隻也沒少，不過天竺鼠這種東西實在很難講，所以我把牠帶回家，當成寵物養。

「在那個銀幣回來以後，特維契更是埋頭苦幹，甚至連鬍子也不刮了。下一次他用了兩隻從生物實驗室借來的天竺鼠。我覺得其中一隻實在非常眼熟，但我沒來得及瞧個仔細，因爲他立刻拍下按鈕，兩隻都消失了。

「等到大約十天之後，其中一隻回來，這不像我養的那一隻，而特維契確定知道他成功了。然後，國防部的一位駐地軍事主管來到這裡，他是某個坐辦公桌的上校，自己以前也當過教授，研究領域是植物學，非常軍方的類型……特維契很不喜歡他。這個上校要我們兩個發誓徹底守密，而且要以超過我們的『身分』宣誓。他似乎以爲他擁有了自從凱撒發明複寫碳紙之後，在軍事後勤方面最偉大的一件秘密。他的想法是，你可以把軍隊送到未來或過去，解救你已經輸掉或即將輸掉的戰役，希望反敗爲勝。而敵人永遠搞不清楚到底發生了什麼事。當然，他的想法很瘋狂……而且他也沒得到夢寐以求的星星。可是他硬加上去的『極機密』級別仍然留著，據我所知，直到此時此刻，我一直沒看到這件事揭露出來。」

「這可能有某種軍事用途，」我提出理由，「在我看來，如果你能設計某種機關，一次帶一師的士兵。不，等一下。我知道問題了，你總是需要成對。那就需要兩個師，一個向前，一個向後。你會完全失去一個師……我想，一開始就有個師隊出現在正確的時刻，這才會比較實際。」

「你說的對，可是你的推理錯了。你不必使用兩個師或兩隻天竺鼠，或是兩個任何東西。你只要讓兩邊的質量相等就行了。你可以用一師的人員，還有一堆同樣重量的岩石。這是個作用力與反作用力的情況，牛頓第三定律的推論。」他又開始用冰啤酒杯外的水滴畫畫。「MV等於mv……基本的火箭太空船公式。這裡的同源時光旅行公式MT等於mt。」

「我還是看不出有什麼圈套。岩石很便宜呀。」

「用用你的腦袋吧，丹尼。如果是火箭太空船，你可以瞄準那個鬼東西。可是上星期是哪個方向呢？指出來看看，試一試看看，你完全不曉得哪一團會往後，哪一團會往前。根本不可能確定設備的方向。」

我閉上嘴。如果有個將軍期待一師突擊隊出現，卻只見到一堆石頭，這也未免太尷尬了。難怪那位前任教授一直升不上將軍。但恰克還沒說完：

「你對待兩個質量的方式，就像冷凝器的盤子，把兩者帶到相等的時間位。然後在一條阻尼曲線上釋放出來，而這條曲線其實是垂直的。呼！其中一個飛到明年的年中，另一個卻成了歷史。但你永遠不知道是哪一個。但這還不是最糟糕的，最糟糕的是，你回不來。」

「唔？誰要回來？」

「聽我說，如果你回不來，這還有什麼研究價值？或是商業價值？無論你跳到哪個方向，你的錢都沒有用，而且你不可能接觸到你開始的地方。沒有設備——還有，相信我，你需要設備和電力。我們從亞爾柯反應器取用電力。很昂貴的……這是另一個缺點。」

「你可以回來，」我指出一點：「利用冬眠。」

「唔？前提是你回到過去。你也可能去了另一個方向；你永遠不知道。而且你回去的時間還要夠短，他們那時已經有冬眠……就不能超過戰爭以前。可是那又有什麼意義？比如說，你想要知道一九八〇年的什麼事，你就去找個人問，或是去查舊報紙，眞要是有什麼方法可以拍攝耶穌釘上十字架的照片……可是根本沒有。不可能的。不只是你回不來，而且地球上也沒有那麼多電力。這裡也有個適用的平方反比律。」

「不過，有些不怕死的人大概會去試試吧。難道沒有人坐上去兜風嗎？」

恰克又掃視了一下四周。「我已經講太多了。」

「多講一點也無傷。」

「我想有三個人試過。我認爲。其中一位是個大學講師。有一次特維契和雷歐・文森這傢伙進來的時候，我正在實驗室裡，特維契說我可以回家了，我卻在外面閒晃。過了一段時間，特維契走出來，而文森沒有出來。就我所知，他還在那裡面。在那之後，他確實就不在博爾德教書了。」

「另外兩個呢？」

「學生。他們三個人一起進去，只有特維契出來。但其中一個隔天就來上課，但另一個失蹤了一星期。你自己推理一下。」

「你難道不曾動心嗎？」

「我？我的腦袋看起來很扁嗎？特維契提過，爲了科學的利益，我幾乎有義務自願參與。我說，不，謝了，我寧願去喝幾杯啤酒……不過，如果他要去，我倒很樂幫他按開關。他並沒有接受我的提議。」

「我願意冒這個險。我可以去探查到底讓我坐立難安的是什麼……然後再利用冬眠回來。這會很值得的。」

恰克深深歎了一口氣。「你不能再喝啤酒了，我的朋友，你醉了。你剛才沒仔細聽我說。第一，」他開始在桌面上畫記號，「你不可能知道你是不是回得去，你也可能往前。」

「我願意冒這個險。比起從前，我更喜歡現在，我可能會更喜歡三十年後。」

「好吧，那就再做一次冬眠，這樣比較安全。或者只要耐心不動，等著時間慢慢過來，我就是打算這樣做。不過你先別插嘴。第二，就算你眞的回去了，你可能會離一九七〇年好一段距離。就我所知，特維契是在黑暗中亂槍打鳥，我認爲他還沒校準。不過，我當然只是個助手而已。第三，那個實驗室原來的地方有很多松樹，而且它是在一九八〇年建造的。假定你在建造實驗室的十年前出來，跑到一棵西部黃松的中間？應該會造成很大的爆炸，差不多像鈷彈那樣，唔？只不過你自己不會知道。」

「可是……事實上，我不明白你爲什麼認爲一定會出現在實驗室附近。爲什麼不是外太空的某一點，對應到實驗室曾經在的地方，我是說它在過去……或者說……」

「你什麼也不明白。你會停留在你所處的地平線上。先別擔心數學問題，只要記住那隻天竺鼠的事就行了。可是，如果你回到實驗室建造以前，或許你最後會出現在樹上。第四，即使你跳到正確的方向，在正確的時刻抵達，也能活著，你又怎麼能用冬眠回到現在呢？」

「唔？我曾經成功過，爲什麼做不到兩次？」

「當然沒錯，可是你要冬眠的錢呢？」

我張大了嘴又闔上。這一點讓我覺得很愚蠢。我曾經有錢，可是現在沒有了。就算我現有的積蓄（不曾及早開始），我也不能帶著走，哎呀，即使我去搶銀行（一種我完全不懂的技藝），弄到一百萬元大鈔，我也不能帶到一九七〇年去用，我只會被關進監獄，因爲企圖使用假鈔。他們連形狀都改了，更不必說序號、日期、色彩及圖樣。「也許我得先存點積蓄。」

「這才乖！而在你存錢的同時，你大概最後又會在此時此地，根本連試都沒試過……只是減掉你的頭髮和牙齒而已。」

「罷了，罷了。不過，我們再回來談談剛才的最後一點。那個地點曾經發生過大爆炸嗎？實驗室原來的地方？」

「嗯，我想是沒有。」

「那麼我就不會出現在樹裡面，因爲我不曾出現。懂我的意思嗎？」

「我已經比你多跳三步了。又是那個老套的時光詭論，不過我才不信。我也思考過時間理論，也許比你想得還多。你本末倒置了。那裡不曾有過爆炸，而你也不會卡在樹裡面……

因爲你根本不會去做時間跳躍。你才懂我的意思吧？」

「可是假如我眞的做到了呢？」

「你做不到的。因爲我的第五點。這是致命的一點，所以請你仔細聽。你不會做任何這類的跳躍，因爲這整件事是機密，你就是做不到。他們也不會讓你做的。所以，忘了這件事吧，丹尼。今晚是個非常有趣的思想交流之夜，等到早上，ＦＢＩ就會來找我。所以，我們再叫一輪啤酒，等到星期一早上，如果我還沒進監獄的話，我就會打電話給阿拉丁的總工程師，探聽另一位『Ｄ？Ｂ？戴維斯』這個人物的全名，以及他到底是誰，是否還在人間。他甚至可能還在那兒工作，如果是這樣，我們可以和他一起吃頓午飯，談談工廠的心得。反正我也希望你見見史布林格，阿拉丁的總工程師，他是個好人。也忘了這件時光旅行的蠢事，他們永遠不可能解決那幾個問題的。我壓根兒不該提這件事……而且，要是你說我提過，我會給你一個白眼，說你在騙人。說不定哪天我又會需要我的機密身分。」

於是我們又喝了一大杯啤酒。等我回到家、洗過澡，也終於把一部分啤酒沖出體外之後，我知道他說得對。用時光旅行來解決我的難題，差不多就像切斷咽喉來治頭痛一樣不切實際。更重要的是，恰克會從史布林格先生那兒查到我想要知道的事，只要吃頓午餐，毫不費力，無需花大錢，更沒有風險。而且我喜歡目前生活的年代。

等到我爬上床，我就伸手去拿那個星期的一堆報紙。既然我如今已經是固定的市民，每天早上都會有一份《時報》從輸送管傳到我這裡。我看的部分不多，因爲每次我的腦袋浸滿某些工程問題時（這是通常的情形），所以日常新聞中無價值的報導只會讓我困擾，很可能讓我覺得無聊，或者更糟糕的是，新聞很有趣，分散了我的注意力，無法專心做真正的工作。

然而，我從來不會隨便把報紙扔掉，至少得先掃過大標題，看一下生命統計資料欄，這部分倒不是看出生、死亡、婚姻，而只是想看「出眠」，也就是剛剛冬眠醒來的人。我有一種想法，有一天我會看到某個姓名，是我當年認識的人，那麼我會過去打個招呼，向他表示歡迎，並且看看我是不是能幫上一點小忙。當然，這種機率很渺茫，但我還是繼續做，而且這總是會給我一種心滿意足的感覺。

我想，在我的潛意識裡，我把所有其他的冬眠人想成是我的「親戚」，就像你會把曾經在同一個機構服務過的人當成你的夥伴，至少到能在一起喝杯酒的程度。

報紙沒太多值得看的，只是從這裡到火星的太空船仍然毫無下落，而且那也不是消息，而是毫無消息。而在新近醒來的冬眠人當中，我也沒瞧見任何老朋友。於是我放鬆躺平，等燈光慢慢熄滅。

凌晨三點鐘左右，我突然坐起來，變得非常清醒。燈光亮了起來，讓我不禁瞇起眼睛。

我做了一個非常奇怪的夢，不盡然是個惡夢，而是差點沒注意到小瑞琪就在生命統計資料欄裡。

我知道我看到了。但就在我仔細檢查之後，看到那星期的一堆報紙還放在那裡，我也大大鬆了一口氣，我很可能先把報紙塞進垃圾滑道才去睡覺，我有時候是會那樣。

我把報紙抱回床上，開始再讀一遍生命統計資料。這次，我讀遍了所有類別，包括出生、死亡、結婚、離婚、收養、改名、入眠和出眠，因爲我突然想起，我的眼睛可能瞄到了瑞琪的姓名，卻沒有意識到，因爲我只瀏覽那一欄中我唯一感興趣的小標題，瑞琪可能剛結婚或生小孩，或是怎麼了。

我差點錯過造成那場可怕夢魘的事情。那是星期三的《時報》，列出二〇〇一年五月二日星期二的出眠人：「河畔護眠中心……F·V·漢尼克。」

「F·V·漢尼克！」

「漢尼克」是瑞琪祖母的姓……我知道，我確定這沒錯！我不知道自己爲什麼會知道。但我覺得這件事早已埋在我的腦袋裡，卻一直到我再讀一次，才突然跳出來。我大概是在什麼時候從瑞琪或邁爾斯那裡看過或聽過這個姓氏，甚至有可能曾經在山迪亞見過那個老太太。無所謂，在《時報》上看到的名字，剛好和我腦子裡一小片忘掉的資訊組合起來，這時我就知道了。

不過我仍然得去證實。我必須查明「F·V·漢尼克」是否表示「菲德瑞嘉·漢尼克」。

我全身震顫，充滿興奮、期待和恐懼。我忘掉了已經非常熟悉的新習慣，竟然試著去扯衣服的拉鍊，而不是把貼合縫黏在一起，結果穿個衣服都要手忙腳亂老半天。但幾分鐘後，我就衝到了樓下的門廊，那裡有個電話亭，我的房間沒裝電話，否則我就馬上打了，我只是在整棟屋子的電話號碼附帶列名而已。後來，我又衝回樓上，因爲我發現忘了拿電話卡兼信用卡識別證，我眞的是一團混亂。

然後，等我拿到電話卡，我卻又全身發抖，手忙腳亂，差一點塞不進插槽。但我終於把它塞進去，撥打了「服務台」。

「請問要轉幾號？」

「呃，請幫我接河畔護眠中心，位於河畔市。」

「正在搜尋……請稍候……線路可通。我們會幫您接過去。」

螢幕終於亮起來，有個男人很不高興地看著我。「你一定是打錯電話了，這裡是護眠中心，我們晚上不辦公。」

我說：「請等一等，別掛斷。如果是河畔護眠中心，你就是我要找的人。」

「哎呀，你到底要做什麼?尤其在這個時候？」

「你們有個客戶，F·V·漢尼克，剛剛出眠的客戶。我想要知道……」

他搖了搖頭。「我們不會透過電話公佈客戶的資訊。而且更不可能在三更半夜提供給你。你還是十點鐘以後再打電話來，不過，要是能親自來一趟更好。」

「我會的，我會的。可是我只想知道一件事，『F．V』兩個字母代表什麼？」

「我告訴過你……」

「拜託，你能不能先聽我說？我不是就這樣闖進來的，我自己也曾經是冬眠人。沙提爾，最近才剛剛出眠的。所以我知道一切關於『保密關係』和什麼其他規矩之類的事。既然你們已經把這位客戶的姓名公布在報紙上了。你和我都知道，護眠中心提供給報紙的都是出眠和入眠的客戶全名……但報紙為了節省空間，只會取名字的第一個字母。難道不是這樣嗎？」

他想了一想。「有可能。」

「那麼，只是告訴我『F．V』這兩個字母代表什麼，又可能有什麼損失呢？」

他猶豫了更久。「嗯，如果你只想要知道這件事，我猜是沒什麼關係。你也只能知道這個而已。請稍等。」

他離開螢幕外（我覺得他彷彿離開了一小時之久），拿著一張卡片回來。「光線不太好，」他一面說，一面盯著卡片看。『法蘭西絲』，不對，『菲德瑞嘉』。『菲德瑞嘉·維姬妮亞』。」

我的雙耳轟隆隆作響，差點昏了過去。「感謝上帝！」

「你還好嗎？」

「是的，謝謝！我打從心底感謝您。是的，我還好。」

「嗯哼，我猜，再多告訴你一件事也無妨。可能省得你跑一趟。她已經出院了。」

# 九

要是我叫一輛計程車，飛車載我到河畔市，大概會節省一些時間，可惜我手頭剛好沒有現金。我當時住在西好萊塢，離我最近的二十四小時銀行要到市區，就在大環地鐵線。於是，我先搭地鐵線到市區，然後去銀行領錢。直到當時，我不怎麼欣賞的一個眞正的改進，就是通用支票簿系統，一個自動控制機械作爲整座城市的票據交換，加上我的支票簿上的放射性識別碼，終於將現金拿在手心，這種速度，幾乎就像我親自到幫傭姑娘公司對面的開戶銀行去取款一樣。

然後，我搭乘快速地鐵線前往河畔市。等我到達護眠中心的時候，天色才剛亮。那裡沒有其他人，只有我先前講過電話的那位値夜技術人員，以及他的妻子，也就是夜班的護士。恐怕我給人的印象不太好。我一整天沒刮鬍子，眼神狂亂，我的呼吸大概還有啤酒味，而且我還沒編造出一套前後一致的謊言。

然而，夜班的護士萊利根太太很有同情心，也很願意幫忙。她從檔案裡拿出一張照片，說：「這位是你的表妹嗎，戴維斯先生？」

那是瑞琪。毫無疑問，一定是瑞琪！喔，當然不是我所知道的瑞琪，因爲這不是一個小女孩，而是一個已經長大的年輕女子，二十出頭，有成人的髮型，還有一張成年並且非常美麗的面容。她正在微笑。

但她的雙眼並未改變，而且她臉上那種不隨年齡改變的調皮特性，讓她那麼像孩童般可愛仍然在那兒。還是同一張臉，變得豐滿一些，美麗一些，但明顯是同一張臉。

立體照片變得模糊不清，我的雙眼充滿淚水。「是的，」我勉強哽咽著說：「是的，那是瑞琪。」

萊利根先生說：「南絲，你不應該給他看照片的。」

「哎呀！漢克，給他看個照片又何妨？」

「你知道規定的。」他轉身看著我。「先生，就像我在電話裡向您說過的，我們不會公佈客戶的相關資訊。你十點鐘再回來這裡，那時候行政部門會有人上班。」

「或是八點鐘再回來也可以，」他太太加了一句。「那時本斯坦醫師會在這裡。」

「哎呀，南絲，你眞是太多話了。如果他需要資訊，他要見的人是主任。本斯坦能回答的問題並不比我們多。再說，她根本不是本斯坦的病人。」

「漢克，你是在大驚小怪。你們男人就是喜歡爲了規定而遵守規定。要是他那麼急著要見她，他十點鐘就能去到布洛里。」她轉身看著我。「你八點鐘回來。那樣最好。總之，我們夫婦實在無法告訴你任何事。」

「怎麼會提到布洛里呢？她去了布洛里嗎？」

要不是她丈夫在場，我想她會告訴我更多事。她猶豫不定，而他就是口風很緊的模樣。她回答：「您去見本斯坦醫師。如果你還沒吃早餐，從這條街往下走，有個眞的很不錯的地方。」

於是我去了那家「眞的很不錯的地方」（的確不錯），吃了一些東西，到他們的洗手間清理一下，向一台自動販賣機買了一管「除鬍淨」，再向另一台自動販賣機買了一件上衣，丟掉原來自己身上穿的那一件。回到那裡的時候，我終於有點體面的樣子了。

但萊利根一定提醒過本斯坦醫師小心我這個人了。他是個年輕人，住院受訓的醫師，也不肯做任何通融。「戴維斯先生，您說您自己曾經是冬眠人。您必定知道有些罪犯專找新近甦醒的冬眠人，因爲他們容易受騙，對新環境也不熟悉。大多數的冬眠人都有相當可觀的財產，也都覺得與自己身在的世界格格不入，他們通常都很孤單，而且有一點恐懼，這正是詐欺者心目中的完美肥羊。」

「可是我只不過想知道她去了哪裡！我是她表哥。但是我比她更早冬眠，我不知道她也去了冬眠。」

「他們往往自稱是親戚。」他更仔細地打量我。「我以前是不是見過你？」

「我很強烈懷疑，除非你碰巧曾經在市區的地鐵線和我擦身而過。」人們老是以爲他們曾經見過我，我屬於十二種標準大眾臉之一，就像一大袋花生裡的其中一顆那樣缺乏特色。

「醫師，要不要打電話給沙提爾護眠中心的埃勃赫特醫師，確認一下我的身分呢？」

他露出法官似的表情。「你再回來找主任。他可以打電話給沙提爾護眠中心……或是打給警察，看他覺得哪一樣才對。」

於是我離開了。當時，我可能做錯了一件事。我要是回去找主任，就非常可能得到我需要的確切資訊（當然要有埃勃赫特醫師幫忙爲我擔保），但我沒有回去，反而叫了一輛快速計程車，直接奔去布洛里。

我花了三天時間，才發現她到過布洛里的痕跡。喔，她曾經在那裡住過，而她祖母也是，我很快就查出來了。但她祖母早在二十年前就過世了，而瑞琪也去了冬眠。和大洛杉磯的七百萬人口比較起來，布洛里只有十萬人口，二十年前的記錄並不難找。讓我有麻煩的反而是不到一星期的線索。

問題的部分原因是她和某個人在一起，而我要找的是個獨自旅行的年輕女人。發現她和一個男人在一起的時候，我想起本斯坦告訴我的話，有些專找冬眠人的騙子，於是更加緊腳步查訪。

我跟著一條錯誤的線索到卡里西哥，就回到布洛里，重新再找到一條，然後一路追蹤他們到優瑪。

到了優瑪，我放棄了追逐，因爲瑞琪結婚了。我在郡文書處看到的記錄，實在讓我震驚不已，於是我丟下一切，跳上一艘開往丹佛的船，只在路上停了一下，寄張明信片給恰克，請他幫我收拾桌上的東西，把辦公室裡的東西打包。

我在丹佛停了一下，時間只夠讓我去找到某家牙醫材料店。自從丹佛成爲首都，我還沒來過這裡（四句戰爭結束後，我和邁爾斯直接去了加州），這個地方讓我驚訝不已。哎呀，我甚至找不到柯斐克斯大道。我先前已經知道，政府最重要的一切事物都深埋在洛磯山脈底下。如果眞是那樣，就表示一定有一大堆可有可無的東西還在地面上，因爲那地方似乎比大洛杉磯更擁擠。

我在牙醫材料店買了十公斤的金子，同位素一九七，做成十四口徑金絲的形式。我付的每公斤單價是八十六美元，價格明顯偏高了，因爲工程品質的金子售價大約是一公斤七十美元，這次交易重挫了我僅有的一張千元大鈔。但工程用的金子若不是大自然中找不到的合金，就是含有同位素一九六或一九八，或者兩者都有，視用途而定。就我的目的而言，我需要精純的黃金，要探測不出和從天然礦砂精煉出來的金子之間的差別，而且我也不希望弄到一塊金子，抱久了會把在我褲子上燒個洞，在山迪亞的那次輻射過量，已經讓我重視輻射中毒，獲得了「有益健康」的態度。

我把金線纏在腰上，動身前往博爾德。一個塞得滿滿的週末旅行包，重量差不多就是十公斤，可是那麼重的金子，體積卻幾乎相當於一夸脫的牛奶。但金線的形式比金塊占空間，我倒不會建議把它做成腰帶。但是金塊帶起來更困難，不過，做成這樣我就可以隨身攜帶。

特維契博士仍然住在那裡，但已經不必工作了，他是榮譽退休教授，在他清醒的時間多半是在教職員俱樂部的酒吧裡。我花了四天的時間，才在另一間酒館中追上他，因爲教職員俱樂部不對像我這種外人開放。但在我找到他之後，才發現請他喝一杯並不難。

他是個古典希臘意味的悲劇人格，一個偉人，非常偉大的人，但卻喪失了應有的地位。他應該享有像愛因斯坦、波耳和牛頓等人的地位；然而事實上，只有少數幾個場論方面的專家，才眞正知道他研究成果的高度價值。在我見到他的時候，他那傑出的才智已經由於失望而變得乖戾，由於年老而失去光彩，也因爲浸了酒精而變得比較遲鈍的樣子。就好像參觀一座曾經壯麗宏偉的神殿遺跡，屋頂塌陷、半數的圓柱毀壞、上面長滿了藤蔓之後。

然而，雖然他的腦筋已經大不如前，但仍然比我狀況最佳的時候還要聰明。我自己還算聰明，在見到眞正天才的時候能懂得欣賞。

我第一次看到他的時候，他抬起頭來，兩眼直視著我，然後說：「又是你！」

「先生？」

「你曾經當過我的學生，不是嗎？」

「哎呀，先生，不是的，我從來沒有這個榮幸。」通常，如果有人以爲曾經見過我，我會置之一笑，但這次我決定要好好利用。「也許您想到的是我的表哥，博士，八六年那班的。他有一陣子曾經修過您的課。」

「有可能。他主修什麼？」

「他不得不中途退學，沒拿到學位。但他非常欣賞您。他從未錯過任何機會，告訴別人他曾經在您門下學習。」

向一位母親說她的孩子很漂亮，絕對不可能和她結仇。特維契博士讓我坐下來，不久就願意讓我請他喝一杯。那位偉大的糟老頭最大的弱點，就是對於自己專業的虛榮心。在終於能認識他之前，我利用四天的時間去了大學圖書館，熟記關於他的一切，因此能知道他寫過哪些論文、在什麼地方發表過、他有哪些實際和榮譽的學位，以及他寫過什麼書……我試著閱讀其中一本書，但才讀到第九頁，我就已經覺得太深奧了，但倒是學會了其中幾個行話。

我告訴他，我自己是靠科學混口飯吃的人，目前，我正在蒐集資料準備寫一本書：《埋沒的天才》。

「什麼樣的書呢？」

我客氣地承認，我認為這本書要是能從他的人生和研究成果的通俗簡介開始，那就再恰當不過了……當然，前提是他願意稍微讓步，別再堅持他為人所知迴避公眾注意的低調習慣。當然，我一定得從他那裡發掘大量材料。

他認為那只是為了討好他而說的話，而且根本想不到會有這種事。但我指出，他對後代有責任，於是他同意仔細考慮一番。到了第二天，他完全認定我打算寫他的傳記，不只是其中一章，而是整本書。從那時起，他就一直不停地講下去，而我則做筆記……真正的筆記，我可不敢裝模作樣就企圖唬弄他，因為他偶爾會要求我讀給他聽。

但他一直沒提到時光旅行。

最後，我說：「博士，聽說，要不是某個曾經駐在這裡的上校，你早就拿到諾貝爾獎了，這是不是眞的？」

他用極爲漂亮的風格不斷咒罵了三分鐘。「你聽誰說的？」

「呃，博士，那時候，我正在爲國防部做研究報告撰稿，我一直沒提到這件事嗎？」

「沒有。」

「嗯，當時，我認識在另一個部門工作的一位年輕博士，才聽到這整件事。他讀過那份報告，也說得極爲清楚，您應該是今日物理學界最有名的人……如果他們允許您發表研究成果。」

「哼！這話倒是沒錯。」

「可是我猜測這被歸爲機密……是這位上校下的命令，呃，什麼剁蛋上校。」

「索許波坦，先生，索許波坦。一個癡肥、愚昧、自負、無能、愛拍馬屁的笨蛋，他會找不到自己的帽子，卻不曉得帽子好端端釘在自己的頭上。應該這樣釘他的頭才對。」

「這似乎非常可惜。」

「有什麼可惜？那個索許波坦是傻瓜嗎？那是大自然做到的，不是我。」

「可惜的是世人沒能聽到這麼精彩的故事。據我瞭解，他們不允許您說到這件事。」

「你聽誰說的？我高興說什麼就說什麼！」

「我聽到的是這樣，教授……聽我在國防部的那個朋友說的。」

「哼！」

那天晚上，我從他那裡得到的只有這樣。他考慮了一個星期，才決定讓我去他的實驗室看看。

如今，那棟建築物的大部分已經有其他的研究人員在使用，但他一直沒把自己的時光實驗室交出來，雖然他已經不再使用了，他仗恃著這地方的機密狀態，拒絕讓別人碰實驗室，也不准許人拆除設備。他帶我進去的時候，那地方的氣味彷彿多年未曾開過的地窖。

他喝的酒剛剛夠讓他毫不在乎，但還沒多到變成糊塗的程度。他的才華相當高。他向我講解時光理論和時間位移（他不把這叫做「時光旅行」）的數學，但他警告我不能做筆記。即使我做筆記也不會有用，因爲他的段落大概會這樣開始：「因此，顯而易見的是……」然後一直講下去，講的內容只有對他和上帝是顯而易見，但對其他人則不是。

等他放慢速度之後，我說：「聽我那位朋友說，有一件您目前還做不到的事，就是校準的問題，是嗎？您無法精確訂出時間位移的大小，是嗎？」

「什麼？胡說八道！年輕人，如果你無法測量，那就不叫科學。」他像個茶壺似地發了一陣脾氣，然後繼續說：「來吧，我做給你看。」他轉過身，開始做一些調整。他展示出來的設備，就是他所謂的「時間軌跡台」，只是一個低矮的平台，四周有個籠子，還有一個控制台（以前可能當成蒸氣機或低壓室的控制台）。我相當確信，要是讓我一個人留在這裡仔細研究這些操控裝置，我也許可以弄清楚要怎麼操作，但他厲聲告訴我遠離那些設備。我看得出有個八點的布朗氏記錄器，幾個非常重量級、用螺線管開動的電閘，還有十幾個同樣熟悉的其他元件，但若是沒有線路圖，根本沒有任何意義。

他轉身回來，問我：「你的口袋裡有零錢嗎？」

我伸手掏出幾個零錢。他大略看了一下，就挑了兩個五塊錢的硬幣，毫無污損的新硬幣，那年才剛發行的漂亮的綠色塑膠六邊形。我眞希望他挑小一點的面額，因爲我的錢所剩無幾。

「你有小刀嗎？」

「有。」

「在兩個硬幣上刻下你名字的第一個字母。」

我照做了。然後他要我把兩個硬幣並排放在台上。「請記下精確的時刻。我已經把位移設爲剛好一星期，加或減六秒鐘。」

我看著自己的手錶。特維契博士說：「五……四……三……二……一……開始。」

我從錶面上抬起頭來。硬幣不見了。我不必假裝驚訝得瞪大雙眼。恰克已經對我說過類似的示範，但聽人說是一回事，親眼看見又是另一回事。

特維契博士輕快地說：「從今晚算起的一星期後，我們會回來等其中一個再次出現。至於另一個硬幣，你看到兩個硬幣都在台上嗎？你自己把硬幣放在那裡的嗎？」

「是的，先生。」

「我當時在哪裡？」

「在控制台前面。」他距離平台周圍籠子最近的部分也有至少十五呎，而且根本不曾靠近。

「很好，過來這裡。」於是我走過去，只見他伸手到口袋裡。「這是你的一個硬幣。從現在算起的一星期後，你就能把另一個拿回來。」他交給我一個綠色的五塊錢硬幣，上面有我名字的第一個字母。

我什麼也沒說，因爲我的下巴闔不攏，也不太說得出話。他繼續說：「你上星期講的話讓我心神不寧。於是，我在星期三來到這個地方，而我已經差不多……呃，一年沒來了。我在台子上發現這個硬幣，所以我知道我已經……即將會……再度使用這套設備。一直到今晚，我才決定示範給你看。」

我看了看硬幣，仔細摸一摸。「我們今晚來這裡的時候，這個就在你的口袋裡嗎？」

「當然。」

「可是它怎麼可以同時在你的口袋，又在我的口袋裡呢？」

「我的老天爺，難道你沒有眼睛看嗎？沒有腦子思考嗎？難道只因爲這在你單純的實體之外，你就無法接受一個簡明的事實嗎？今晚，你把它放在你的口袋裡，拿來這裡，然後我們把它丟到上星期。你看到了。幾天前，我在這裡發現這東西。我把它放進我的口袋裡。今晚，我把它拿來這裡。同一個硬幣……或者，確切地說，是它的時空結構出一個較遲的區段，多磨損了一星期，比較晦暗了一星期，卻是一般人所說的『同一個』硬幣。不過，差不多就像某個嬰兒完全等同於這個嬰兒將會長成的男人……只是比較老。」

我盯著它看。「博士……把我送回一星期以前。」

他憤怒地盯著我看。「絕對不行！」

「為什麼不行？難道不能用在人身上嗎？」

「呃？當然可以用在人身上。」

「那為什麼不行？我不怕。而且，想一想，對這本書來說，這麼做一定很棒……但願我可以根據我自己的體驗，親自證實特維契時間位移的運作。」

「你本來就可以根據自己的體驗來撰寫。你剛才看過了。」

「沒錯，」我幽幽地說：「可是沒有人會相信我。那兩個硬幣的事……我看到了，而我也相信。但無論是誰只有讀到這一段記載，就會斷定我太容易受騙了，你用某種簡單的戲法欺騙了我。」

「真該死！」

「他們就是會那麼說。他們無法相信我所記述的事是自己親眼所見。可是，如果您眞的把我送回一星期之前，我就能根據我自己的瞭解來記述……」

「坐下，聽我說。」他坐了下來，但根本沒有地方讓我坐，不過他似乎沒有察覺到。

「很久以前，我的確曾經用人做過實驗。正因如此，我才會下定決心，永遠不再做這種事。」

「爲什麼？把他們害死了嗎？」

「什麼？別胡說八道。」他嚴厲地看了我一眼，又說：「你不能把這件事寫到書裡面。」

「遵命，教授。」

「幾次小型實驗證明，活的實驗對象可以進行時間位移而不受損傷。我向一位同事偷偷透露了這件事，他是個年輕的講師，在建築系教繪圖和其他主題。他其實比較接近工程師，而不是科學家，但我很喜歡他，他的心智非常活躍。這個年輕小伙子，告訴你他的名字也無妨，雷歐納·文森他非常渴望試一試……眞正去嘗試，他想要經歷巨大的位移，五百年。我不夠堅持，竟然讓他去了。」

「然後呢？」

「我怎麼會知道？五百年啊，老兄！我根本活不了那麼久去發現眞相。」

「可是，你認爲他到了五百年後的未來嗎？」

「或是過去。他也可能去了十五世紀。或是二十五世紀。兩者的機會是完全相等的。這裡有個不確定性，即對稱方程式。我有時候會認爲……喔，只是姓名碰巧有點像而已。」

我並沒有問他說這話是什麼意思，因爲我突然也明白了這個相似之處，我的毛髮直豎。然後，我暫時先不去想這件事，我還有其他的問題。除此之外，只可能是碰巧而已，一個人不可能從科羅拉多州到義大利，尤其是在十五世紀。

「可是，我下定決心，再也不能冒同樣的險。這不是科學，不會增加任何數據。假如他向前位移，那很好。但假如他向後位移……那麼我就有可能害我的朋友被野蠻人殺死，或是被野獸吃掉。」

我想，或者更有可能變成一位「偉大的白神」。我沒有把這想法說出來。「可是您不必對我用那麼長的位移。」

「先生，我們再也別提這件事了，拜託你。」

「如您所願，博士。」但我實在不能不談。「呃，我可以提出一個建議嗎？」

「呃？請說。」

「我們只要利用一次試演，就能達到幾乎同樣的效果。」

「你說這話是什麼意思？」

「完整的排練一次，就彷彿您打算讓某個活體實驗對象位移那樣，就讓我來表演那個角色。我們會精確地做到每一件事，就好像你打算讓我位移一樣，直到你壓下那個按鈕的一瞬間。那麼，我就能瞭解這個程序……我還不完全明白。」

他咕噥著發了一點牢騷，但他其實很想炫耀一下他的玩具。他秤了我的體重，然後量出恰好等於我的一百七十磅體重的金屬重物。「我用在可憐的文森身上的，就剛好是這個重量。」

我們把金屬重物放在平台的一端，位於我們中間。「我們的時間要怎麼設定呢？」他問。「這是你的節目。」

「呃，你說時間可以設得很精確嗎？」

「我是這麼說的，先生。難道你懷疑嗎？」

「喔，不是的！嗯，我們來看看，今天是五月二十四日——假設我們……那麼，呃，例如三十一年又三星期又一天，七小時十三分又二十五秒怎麼樣？」

「先生，這個笑話不好笑。當我說『精確』的時候，我的意思是『精確到十萬分之一的比例』。我還沒有機會校準到九億分之一。」

「喔，您知道的，博士，對我來說，精確的排練是非常重要的，因爲我知道得非常少。呃，假設我們說三十一年又三星期。這會不會仍然太麻煩？」

「根本不會。最大誤差應該不會超過兩小時。」他做了一些調整。「你可以就位了，請站到台上。」

「這樣就行了嗎？」

「是的，只剩下電力而已。我用在那兩個硬幣上的是一般線路電壓，實際上不可能產生這種位移。不過，既然我們不是眞的要做，那就無所謂了。」

我做出失望的表情，也的確很失望。「那麼您實際上就沒有能夠產生這種位移的必要條件了？您只是在理論上說說而已嗎？」

「眞要命，先生。我不是在理論上說說而已。」

「可是如果您沒有足夠的電力，那麼……？」

「要是你堅持，我可以拿到電力。等一等。」他走到實驗室的某個角落，拿起那裡的電話。這一定是在實驗室還很新的時候安裝的，自從我冬眠醒來之後，我還沒見過這類型的電話。然後，我聽到他講了一段尖酸刻薄的話，對方是監管大學電力設備的夜班職員。特維契博士罵人不帶髒字，他可以完全不用粗話，卻比大多數用白話罵人的眞正大師更狠毒。「我一點也不想知道你的意見如何，老兄。讀一讀你的工作手冊。只要我想要，我隨時可以得到全部的電力。不曉得你識字嗎？我們是不是應該明早十點鐘去見校長，請他唸給你聽呢？喔？所以你眞的識字啊？你也會寫字嗎？還是我們已經耗盡你的才華了？那就把這個寫下來：在準八分鐘後，爲索姆頓紀念實驗室的匯流排線，準備緊急滿載電力。複述一遍給我聽。」

他把話筒放回去。「各位！」

他走到控制台，做了一些調整，然後等著。不久，甚至從我站在籠內的位置，我還是看得見三組儀錶的長指針在刻度盤上旋轉，而控制台最上方也亮起一個紅燈。「電力來了！」他大聲說。

「現在會發生什麼事？」

「沒什麼事。」

「我也是這麼想。」

「你說這話是什麼意思？」

「就是這個意思，什麼事也不會發生。」

「恐怕我不瞭解你的意思，我希望我不瞭解你。我的意思是，除非我讓這個試驗開關閉合，否則什麼事也不會發生。如果我按下去，你就會位移到三十一年又三星期，不多也不少。」

「我還是說什麼事也不會發生。」

他的臉色越來越難看。「我想，先生，你是故意要侮蔑我。」

「隨便你要怎麼說。博士，我來這裡是爲了調查一件值得注意的謠言。嗯，我已經調查完畢了。我看到了一組控制面板，上面有漂亮的各色燈光，看起來像電影場景裡瘋狂科學家用的那一套。我看到用兩個硬幣表演的戲法。順便說一聲，這戲法也沒什麼了不起的，因爲硬幣是你自己挑的，也告訴我要怎麼做記號，任何江湖賣藝的魔術師都能做得比你漂亮。我已經聽了一大堆空話。可是講空話也不必費力。你自稱已經發現的東西是不可能的。順便提一下，他們國防部的人根本就知道這件事。你的研究報告根本沒有受到壓制，只是存放在怪人檔案裡而已。他們偶爾會把那報告拿出來傳閱，讓大家笑一笑。」

我以爲那個可憐的老小子當場就要中風。可是我得一再刺激他，打擊他僅存的本能反應，他的自負。

「快點出來，先生。出來！我要狠狠揍你一頓。我會赤手空拳，狠狠揍你一頓。」

以他當時憤怒的程度，我想他可能眞的會把我撕了，雖然他的年紀、體重和身體狀況比不上我。但我回答：「你嚇唬不了我的，老頭。那個唬人的按鈕也嚇不了我。去吧，把它按下去。」

他看看我，再看看按鈕，但仍然什麼也沒做。我冷笑了幾聲，說：「是個騙局，就像那幾個小子說的。特維契，你是個愛炫耀的老騙子，妄自尊大，裝模作樣。索許波坦上校說的沒錯。」

這終於讓他按下開關。

# 十

甚至在他用力壓下按鈕的那一刻，我還試著向他大叫，請他不要按。但一切都來不及了，我的身子已經在往下掉。那一瞬間我有個非常痛苦的想法：我並不是眞的想這麼做。我拋棄了一切，還把一位和我無冤無仇的可憐老先生折磨得差點死掉，而且我根本不知道自己會去哪個方向。更糟的是，我不知道自己能不能到那裡。

然後我撞到了東西。我認爲自己跌下的距離應該不到四呎，但我並沒有心理準備。我像根枯枝那樣往下掉，像個砂袋那樣倒在地上。

這時突然有人說：「你這傢伙到底是從哪裡冒出來的？」

說話的是個男人，四十歲左右，禿頭，但體格結實而精瘦。他面對著我站著，雙手握拳叉在腰上。他的模樣精明幹練，他的臉色倒不討人厭，只不過這時候他似乎對我很反感。

我坐起身子，發現自己坐在一堆花崗岩碎石和松針上面。有個女人站在那男人身邊，她是個讓人賞心悅目的漂亮女人，比他年輕一些。她睜大眼睛看著我，但沒有說話。

「我在什麼地方？」我傻呼呼地說。我可能會說：「我在什麼時代？」可是這話聽起來一定更荒謬，而且，我也沒想到要這麼問。看他們一眼，我確定這不是一九七〇年。我也不可能還在二〇〇一年，在二〇〇一年，他們只有在海灘上才會做那種事。所以，我一定是到了反方向。

因爲他們兩人身上一絲不掛，只穿著一身光滑的自然皮毛。甚至連「絲麗貼」都沒有。但他們似乎覺得這樣就夠了。他們確實不覺得這有什麼好尷尬的。

「我們一件一件來，」他不太高興地說：「我先問你，你怎麼會來到這兒的？」他抬頭看了一下。「你的降落傘沒有掛在樹上吧？無論如何，你在這裡做什麼？這裡有私人土地的佈告，你擅自闖入。還有，你穿著那件狂歡舞會的衣服做什麼？」

我並不覺得自己的衣服有什麼不對勁，尤其是看到他們的模樣。但我沒有答腔。不同的時代，不同的風俗，我可以預見自己會有的麻煩。

她伸手搭在他的臂膀上。「別這樣，約翰，」她溫柔地說：「我想，他大概受傷了。」

他看了她一下，又嚴厲地回頭看著我。「你受傷了嗎？」

我試著起身，勉強站了起來。「我想應該沒有。可能有一些瘀傷吧。呃，今天是什麼日子？」

「唔？哎呀，今天是五月的第一個星期天。五月三日，我猜想。你說對不對，珍妮？」

「是的，親愛的。」

「聽我說，」我急忙說：「我的頭剛剛重重地撞了一下。我的腦子有點亂。今天是什麼日子？幾年幾月幾日？」

「什麼？」

我應該別漏出口風，等我找到什麼東西，像是日曆或報紙。但我非得立刻知道不可，我受不了等待。「哪一年？」

「老兄，你還眞的撞得不輕。今年是一九七〇年。」我看到他又盯著我的衣服看。

我鬆了好大一口氣，差點超出我能承受的範圍。我成功了，我成功了！我總算沒來不及。

「謝謝！」我說。「實在太感謝了。你不知道我有多麼感激。」看他的樣子，好像還是想叫警衛過來，於是我又焦急地說：「有時候，我的健忘症會突然發作。有一次，我失去了，呃……整整五年。」

「我想，這種事一定讓人很沮喪。」他慢條斯理地說。「你感覺如何，可以回答我的問題了嗎？」

「別這樣逼他嘛，親愛的。」她柔聲說。「看他的樣子像個好人。我想他只是搞錯了而已。」

「我們來瞧瞧。怎麼樣？」

「我覺得還好……現在好一點了。可是我剛才有一下子非常混亂。」

「好吧，你怎麼來到這兒的？還有，你爲什麼穿成那個樣子？」

「老實說，我不太清楚自己是怎麼來到這兒的。而且我的確不知道自己身在何處。這種失憶症會突然襲擊我。至於我的穿著打扮……我想，你們可以說這是個人的怪癖。呃……就像你們的穿著。或是沒有穿。」

他低頭看了一下自己，咧嘴一笑。「喔，是的，我相當明白，我們夫妻倆的穿著……或是沒有穿……在某些情況下可能需要做解釋。但我們寧可讓侵入者做解釋。你知道，你不屬於這裡，無論你穿成這樣或是其他衣服也罷，而我們屬於這裡，我們才是這裡的人。這裡是丹佛陽光俱樂部的所在。」

約翰和珍妮・薩頓是那種見過世面、不會大驚小怪，而且非常親切的人，甚至可能邀請怪人到家裡喝茶。約翰顯然不太滿意我那幾個可疑的解釋，並且想要盤問我，但珍妮一直阻止他。我還是堅守著「失憶症」的藉口，說我記得的最後一件事，就是昨天晚上，我人在丹佛，在「新禾宮」那裡。最後，他說：「嗯，你的話相當有意思，甚至可以說很有趣，我想，如果誰要去博爾德，他可以送你一程，到了那裡，你可以搭公車回到丹佛。」他又看著我。「可是，如果我帶你回到俱樂部的會所，大家一定會覺得非常非常的奇怪。」

我低頭看看自己。我有穿衣服而他們沒穿，這件事讓我覺得有點不自在，我的意思是，我覺得違反規則的人是我，而不是他們。「約翰……如果我也把自己的衣服脫掉，這樣會不會比較容易？」這種狀況倒不會讓我不舒服，我以前從來沒去過任何天體營，因爲覺得沒有必要。但恰克和我去聖巴巴拉市度過幾次週末，還有一次去拉古納海灘，當然在海灘上，裸露的皮膚比任何服裝更有意義。

他點了點頭。「當然會的。」

「親愛的，」珍妮說：「他可以當我們的客人。」

「嗯……是的。我可愛的太太，你對人實在太好了。四處攪和一下，儘量讓他們知道我們正在等一位客人，他是從……丹尼，要說從哪裡來比較好？」

「呃，從加州來的。洛杉磯，我眞的是從那裡來的。」我差點脫口說出「大洛杉磯」，卻突然明白我必須小心注意自己的說話方式。

「從洛杉磯來的客人。這樣，加上『丹尼』就夠了；我們不用姓氏，除非自己主動提起。那麼，親愛的太太，你把話傳出去，說得好像大家都已經知道一樣。你就說，你在大約半小時後會到大門口去找我們。不過，你實際上會過來這裡，再把我的過夜包拿過來。」

「爲什麼要拿袋子，親愛的？」

「得把那套化裝舞會的戲服藏起來。那衣服實在太引人注目了，即使像丹尼自己說的那種怪人也會覺得誇張。」

珍妮．薩頓離開之後，我立刻起身到樹叢後面脫衣服，也就不必擔心什麼更衣室禮節的藉口了。我也非躲起來不可，我不可能就這樣脫下衣服，露出我在腰上纏著兩萬美元價值的金子，這以一九七〇年一盎司六十美元的標準行情來算。脫衣服不必太久，因爲我早已把金子做成比較細的腰帶，而不是原本的寬腰帶，這是因爲我第一次要洗澡的時候覺得很難脫掉或戴上，於是我把它繞了兩圈，在前方纏起來。

等我脫光身上的衣服，就把金子包在衣服裡，盡力假裝只有衣服原來該有的重量。約翰・薩頓向那堆東西瞥了一眼，但沒說什麼。他拿了一根香菸給我，原來他的香菸盒綁在腳踝上。我以爲再也見不到那種牌子。

我用力揮了一下香菸，卻沒有點著。於是我讓他幫我點火。他輕聲說：「現在只剩我們兩個了，你有沒有什麼事想要告訴我？如果我要擔保你進俱樂部，爲了自己的名譽，最低程度我也得確定你不會製造麻煩。」

我吸了一口煙，一陣辛辣湧進我的喉頭。「約翰，我不會製造麻煩的。那是我最不想要的一樣東西。」

「嗯……或許吧。就只有『失憶症』是嗎？」

我想了一想。這個狀況實在很難處理。那個人有權知道。但他一定不會相信實情……至少，換成我是他，我也不會相信。但要是他眞的相信我，情形可能更糟，事情可能會鬧大，而我不希望如此。我猜想，假如我是個眞正、誠實、合法的時光旅行者，致力於科學研究，我一定會希望公開宣傳，隨身帶著毫無爭論餘地的物證，並且會邀請科學家來驗證。

但我不是這樣，我有私人的理由，而且有點見不得人，忙著我不想讓人注意到的事。我只是在尋找我的夏之門，盡可能悄悄地進行。

「約翰，如果我告訴你，你也不會相信的。」

「嗯……或許吧。話說回來，我看到空無一物的天上掉下一個人……卻不曾摔得太重，沒有受傷。他身上穿著滑稽的衣服。他似乎不知道自己身在何處，或今天是什麼日子。丹尼，我讀過查爾斯．佛特（Charles Fort）的書，就像大多數人一樣。可是我從來沒想過會親自碰到。可是，既然讓我碰到了，我也不期望你的解釋會像紙牌魔術那樣簡單。怎麼樣？」

「約翰，你先前說過的某些事，看你措辭的方式，我覺得你是個律師。」

「沒錯，我是。為什麼？」

「我們的談話可以不公開嗎？」

「嗯……你是問我能不能接受你做委託人嗎？」

「如果你希望那樣解釋的話，是的。我大概會需要一些建議。」

「說吧！絕不公開。」

「好，我是未來的人，時光旅行。」

他好一陣子不發一言。我們伸長四肢躺在陽光下。我曬太陽是為了保持溫暖，科羅拉多州的五月有陽光普照，但空氣頗為清冷。約翰．薩頓似乎很習慣，只是懶洋洋躺在那裡，嚼著一根松針。

「你說對了，」他答道。「我不相信。我們還是堅持『失憶症』的說法。」

「我就說嘛，你不會相信的。」

他歎了口氣。「我們暫且說我不想相信。我也不想相信鬼，或是輪迴轉世，或是任何諸如此類的超自然魔法。我喜歡那些我可以理解的簡單事物。我認爲大多數的人也一樣。所以我給你的第一個建議就是讓剛才的對話繼續保持不公開。千萬別傳出去。」

「那對我再好不過了。」

他翻過身去。「不過我認爲我們還是把那些衣服燒掉比較好。我會另外找些衣服給你穿。東西燒得起來嗎？」

「呃，不太容易燒，會熔解的。」

「最好把你的鞋子穿回去。我們多半會穿鞋，那雙鞋可以混過去。如果有任何人向你問起，就說那雙鞋子是特別訂做的健康鞋。」

「的確是特別訂做的健康鞋。」

「好。」他突然把我的衣服拿起來，我來不及阻止他。「我的老天！」

既然來不及了，我只好讓他看。「丹尼，」他用一種古怪的語氣說：「這東西眞的像它看起來的那樣嗎？」

「它看起來像什麼呢？」

「金子。」

「是的。」

「你從哪裡弄來的？」

「我買的。」

他仔細摸了摸，試試那東西毫無疑問的柔軟度，感覺它美妙的光澤，然後掂掂它的重量。「天哪！丹尼……仔細聽我說。我打算問你一個問題，而你必須非常謹慎地回答。因爲我絕對不接受對我說謊的委託人。我會甩掉他。而且我也不會參與任何重大罪案。你是合法弄到這個東西的嗎？」

「是的。」

「也許你沒聽說過一九六八年的〈黃金儲備法案〉吧？」

「我聽說過。我是合法取得的。我打算把它賣給丹佛造幣廠，換成現金。」

「也許你有珠寶商的許可證吧？」

「不是。約翰，我說的全是實話，無論你是否相信我。在我來的地方，我是在店裡買的，就像呼吸空氣一樣合法。現在，我想要儘快把它換成現金。我知道持有黃金是違法的。如果我把它放在造幣廠的櫃檯上，請他們秤秤重量，他們能拿我怎麼辦？」

「終究是不能怎麼辦……如果你堅持你自己有『失憶症』的話。可是在這段時間內，他們當然可以讓你沒有好日子過。」他看著那東西。「我想，你最好弄一點泥土在上面。」

「埋起來嗎？」

「你倒不必到那種程度。可是，如果你告訴我的是實話，你就說你是在山裡面發現這東西的。這才是探礦者通常會找到金子的地方。」

「嗯……就照你說的去做，我不介意講一點小小的白色謊言，因爲無論如何這是合法屬於我的東西。」

「但這眞的是謊言嗎？你什麼時候第一次看到這批金子？你擁有它的最早日期是什麼？」

我努力去回想。那是我離開優瑪的同一天，也就是二〇〇一年五月的某一天。大約兩星期以前……

唉！

「這麼說吧，約翰……我看到那批金子最早的日期……是今天，一九七〇年五月三日。」

他點了點頭。「所以你是在山裡發現的。」

薩頓夫婦要留到星期一早上，所以我也留下來過夜。俱樂部裡的其他會員都非常親切，但對我的私事則不太過問，比起我曾經參與過的任何團體都不愛打探。我後來才知道，這其實是天體俱樂部裡約定成俗的好習慣，但當時這讓我覺得他們是我曾經見過的人當中，最謹愼也最有教養的人。

約翰和珍妮有他們自己的小木屋，所以我睡在俱樂部會所大通舖的一張帆布床上。天氣冷得讓人很不舒服。隔天早上，約翰給了我一件襯衫和一條牛仔褲。他用我原來的衣服包住金子，用旅行袋裝起來，放進他的汽車行李箱，他開的是積架帝王轎車，從這裡就看得出他可不是個便宜的律師，我早已從他的舉止儀態就看得出來。

我在他們家過了一夜，等到星期二，我手上就有了一點錢。我再也沒見過那批金子，但在接下來的幾個星期，約翰交給我的幣值，完全等於金條扣掉特許黃金採購員的標準服務費。我知道他並不是直接找造幣廠，因爲他總是拿黃金買家開的收據給我。他並沒有扣除他自己的服務費用，也從來不曾主動告訴我詳細的情形。

我並不在乎。一旦我手上有了現金，我就開始忙了。一九七〇年五月五日，也就是那個月的第一個星期二，珍妮開車帶我四處看房子，我終於在舊商業區租了一間小閣樓。我再加上一張製圖桌、一個工作檯、一張行軍床等配備，其他就別無一物了，那裏的電力已經有一二〇和二四〇伏特、天然氣、自來水，還有一個很容易停擺的盥洗室。我別無所求，而且也必須小心使用每一分錢。

用老式的圓規和丁字尺的工作型態，設計起來既煩瑣又浪費時間，而我能用的時間非常有限，於是我先製造出製圖阿丹，再來重新建造萬能法蘭克。不過，萬能法蘭克這次變成了百變彼得，多用途的自動機器人，有精密的環節設計，只要它的索氏管編制了正確的指令，就幾乎能做到人類能做的任何事。我知道百變彼得不會一直保持那個樣子，它的後代會逐漸發展成一大群有專門用途的玩意兒，但我希望能讓專利申請範圍盡可能越寬越好。

申請專利不需要有可運作的原型機，只要有圖示和說明書就行了。但我需要良好的原型，能夠運作得很完美而且任何人都能示範操作的機型，因爲這些機型本身必須能夠賣得出去，就得顯示出它本身的實用性，內部環節也要明顯減少，才是最後能上生產線的設計，不只能運作，而且也是妥當的投資，專利局早已塞滿太多可以運作，但在商業上毫無價值的東西。

這工作進行得說快也很快，說慢也很慢，說它快，是因爲我完全清楚自己在做什麼，而說它慢，因爲我沒有適當的機械工廠，也沒有任何幫手。沒多久，我勉強掏出口袋裡寶貴的現金來租一些機具，情況才逐漸好轉。我每天吃過早餐就開始工作，直到筋疲力竭，一星期七天，只不過大約每個月抽一個週末，跟著約翰和珍妮一起去博爾德附近的光屁股俱樂部。到了九月一日，我已經讓兩個原型機都能正常運作，準備好開始處理圖示和說明書。我設計了這兩樣東西的漂亮斑點亮漆表面電鍍，送到外面加工，也請人在外部的可移動零件鍍上鉻黃色，我只轉包這幾項工作出去，花掉這筆錢實在讓我很心痛，但我覺得有這個必要。喔，我盡可能使用透過商品目錄買得到標準元件，我不可能自行製造，而且即使在我完成時也不太可能可以商業化。但我不喜歡把錢花在特別訂做的漂亮外表上面。

我沒什麼時間到處看，不過這樣也好。有一次，我出去買伺服電動機的時候，偶然遇上一個先前在加州認識的傢伙。他對我說話，而我還沒來得及思索就答腔了。「喂，丹尼！丹尼・戴維斯！沒想到會在這兒遇到你。我以爲你在莫哈維沙漠裡呢？」

我搖了搖手。「只是出差一下而已，過幾天就回去。」

「我今天下午就回去，我會打電話給邁爾斯，告訴他我見到你。」

我做出憂慮的表情，心裡也的確很憂慮。「拜託你，千萬別那麼做。」

「爲什麼不行？難道你和邁爾斯不是親密的新貴事業夥伴嗎？」

「嗯……聽我說，莫特，邁爾斯不知道我在這兒。我本來應該是爲公司的事到阿布奎基市（Albuquerque）出差的。但我另外找時間搭飛機上來這裡，完全是爲了個人的私事。懂我的意思嗎？和公司一點關係也沒有。而且我也不希望和邁爾斯談這件事。」

他一副了然於心的表情。「是女人的麻煩嗎？」

「嗯……是的。」

「有夫之婦嗎？」

「可以這麼說。」

他戳了一下我的肋骨，對我眨了眨眼。「我明白了！老邁爾斯還眞是老古板，對不對？行，我會幫你掩護，有一天你也可以幫我掩護。她怎麼樣？」

掩護？我在心裡想，你這個四流的渾蛋，我眞想拿一個圓鍬，用泥土把你掩護起來！莫特是那種毫無用處的旅行推銷員，會花比較多的時間試圖引誘女服務生，而不是照料他的顧客。此外，他經營的產品線，就像他本人一樣差勁，根本不照規格來。

但我請他喝杯酒，編造我發明的那個「有夫之婦」的故事，也聽他向我吹噓無疑是同樣虛構的英勇事蹟。然後我和他握手道別。

還有一次偶然的機會，我試著請特維契博士喝一杯，不過沒成功。

我走進詹帕街一家小餐館的吧台，沒想到卻坐到他身邊，我坐下後才看到鏡子裡反映出他的臉。我的第一個反應是打算慢慢爬到吧台下面躲起來。

然後，我鎮定下來，明白生活在一九七○年的所有人當中，他是我最不需要擔心的一個人。不可能會出什麼差錯，因爲我們以前沒有……我的意思是「不可能會有」。不對……然後，我不再去想措辭的問題，因爲我明白，萬一時光旅行變得普及，那麼英語的文法就得加上一整套不同的時態來描述反身動詞狀況，這種詞形變化會讓原本複雜的法語文學時態和拉丁語歷史時態看起來很簡單。

無論如何，不管是過去或未來，或是什麼其他狀況，我現在都不必擔心特維契。我可以鬆一口氣。

我仔細端詳他映在鏡中的面貌，懷疑自己是不是認錯人了，可能只是長得像而已。但我並沒認錯人。特維契並不像我有張大眾臉，他堅定、自信、略微傲慢卻相貌堂堂，看起來眞的很像希臘神殿的宙斯像。我只記得那張面孔已成爲廢墟，但無疑的是他，於是我的內心覺得惶恐不安，因爲我想到那位老先生，我如此惡劣地對待他，眞不曉得該如何補償。

特維契瞥見我透過鏡子在注視他，於是轉身過來看我。「有什麼問題嗎？」

「沒有。呃……您是特維契博士，對不對？在大學教書是嗎？」

「丹佛大學，沒錯。我們見過嗎？」

我差點說溜了嘴，因爲我忘了他今年還在市區的大學教書。記住兩個時間方向的事實在很難。「沒有，博士，但我聽過您的演講。你可以說我是你的書迷之一。」

他的嘴角抽動了一下，似笑非笑，但他並沒有眞的笑出來。從這件事和別的跡象看來，我明白他還沒養成一種需要別人奉承的渴望，在那個年紀，他確信他自己的能力，也只需要他自己的認同。「你確定你沒把我誤認爲是哪個電影明星嗎？」

「當然確定！您是休勃・特維契博士……偉大的物理學家。」

他的嘴角又抽動了一下。「我們暫且說我是個物理學家，或說努力要成爲物理學家。」

我們閒聊了一會兒，而在他吃完他那份三明治之後，我也試著多留他一會兒。我說，如果他肯賞臉讓我請他喝一杯，那就是我的榮幸。他搖了搖頭。「我很少喝酒，而且天黑以前絕對不喝。不過還是謝謝你。眞是幸會！要是哪天你到校園附近，請順路過來我的實驗室看看。」

我說我一定會去的。

但我在一九七〇年（第二回）並沒犯太多疏忽，因爲我瞭解這個年代，而且反正那些可能認得我的人大部分都在加州。我決定，要是眞的再碰上任何眼熟的面孔，我會冷冷地瞪他們一眼，很快就不理會，我可不想再冒任何風險。

但小事情也可能造成你的大麻煩。就像有一次我被拉鍊夾到，只因爲我已經習慣那種比較方便也安全得多的「絲麗貼」接合縫。還有許多類似的小事讓我覺得很懷念，只消六個月的學習，就把這一切視爲理所當然。像刮鬍子，我竟然還要再刮鬍子！有一次，我甚至還感冒。來自過去的恐怖幽魂，起因於忘記衣服淋雨會浸濕。我眞希望那些了不起的唯美主義者能和我一起經歷這一切，他們對文明進步嗤之以鼻，大喇喇地說過去的生活有多美好，就讓他們試試會讓食物變冷的餐具、必須洗熨的襯衫、在你最需要的時候才覆滿蒸氣的浴室鏡子、流鼻水、腳下的污泥和肺裡的灰塵，我早已習慣了比較好的生活方式，而一九七○年就像一系列小小的挫折，總得讓我再度適應。

但狗會習慣牠自己的跳蚤，而我也是。一九七○年的丹佛是個非常奇特而有趣的地方，有一種細緻而古雅的風味，我開始變得非常喜歡它。它完全不像我以前（或以後）從優瑪來到那裡時，所看到的那種「新都市計劃」迷宮，當時的人口還不到兩百萬，街上仍然有公共汽車和其他交通工具，那裡仍然有「街道」，而我可以毫不費力就能找到柯斐克斯大道。

丹佛仍然在適應成爲全國政府所在地，也不甚樂意扮演這個角色，就像第一次穿上正式晚禮服的小男孩。它的骨子裡仍然帶有高跟長靴和那種西部鼻音的強烈特質，雖然它知道它必須成長，變成一座國際性的重要都市，有大使館和間諜，還有許多著名的美食餐館。這座城市在各方面都是草率拼湊起來，要容納官員、政客、連絡人以及辦事文員和勢利小人，建築物就像雨後春筍那樣冒出來，而且每蓋一座屋子，都有可能不小心把一頭母牛圍在牆內。然而，這座城市已經擴大，往東超過歐羅拉幾哩，北到韓得森，南到利特頓，而在抵達空軍學院之前，仍然有開闊的鄉村氣息。當然，往西邊去的城市掩蓋了原本的高地鄉村，而聯邦的機構更挖了隧道進入山區。

我喜歡在聯邦政府之下繁榮成長的丹佛。然而，我心急如焚，很渴望回到我自己的時代。

其實都是一些小事情。就在「幫傭姑娘」讓我加入薪水名單，存了一些錢之後，就把牙齒全面整過一遍。我從來沒預料到竟然會再去看牙醫師。不過，在一九七〇年，我沒有防齲齒的藥丸，所以有顆牙齒蛀了個洞，實在太痛，痛到我實在無法坐視不管。於是，我去看牙醫師。我發誓，我根本沒想到，在他打開我的口腔時，他會看到什麼樣的光景。他眨了眨眼，拿著診視鏡四處照了照，說：「眞是太神奇了！你的牙醫師是誰？」

「咕嚕哇？」

他拿出原本放在我嘴裡的手。「是誰做的？怎麼做的？」

「唔？你是問我的牙齒嗎？喔，那是他們在進行的實驗研究……在印度做的。」

「他們是怎麼做的？」

「我怎麼會知道？」

「嗯……等一下。我非得拍幾張照片不可。」他開始操弄他的X光設備。

「喔，不行！」我反對。「只要把那顆蛀牙清一清，隨便拿個東西塞起來，讓我能趕快離開。」

「可是……」

「對不起，醫師。可是我眞的很趕時間。」

於是，他照我的話做，只是不時停下來看看我的牙齒。我付了現金，而且連姓名也沒留下。我想我其實可以讓他拍照，但遮遮掩掩已經變成一種反射動作。讓他拍幾張照片也不會有任何損失。卻也不會有什麼用處，因爲X光根本顯示不出牙齒再生是怎麼做到的，而且我也無法向他解釋。

回到過去，也是處理某些事情的最好時機。雖然我每天有十六小時辛苦進行製圖阿丹和百變彼得工作，我仍然抽空做了一些別的事。我以匿名的方式，透過約翰的律師事務所找了一家在全國各地設有辦事處的偵探社，花錢請他們挖掘貝麗的過去。我提供了她的地址，以及她汽車的型號和牌照號碼（因爲方向盤是取得指紋的好地方），也向他們提到她也許在不同的地方結過婚，而且可能還有前科。我不得不嚴格限制預算，我可負擔不起書上寫的那種調查。

過了十天，他們還沒有消息回來，我還以爲白白浪費了這筆錢。但是，幾天之後，有個厚厚的信封出現在約翰的事務所。

貝麗還眞是個忙碌的姑娘。她比她自己說的年紀大了六歲，而且她在十八歲以前就結過兩次婚。其中一件不算，因爲那個男人已經娶妻了，除非偵探社沒有找出她第二次婚姻的離婚記錄。

在那之後，她顯然曾經結過四次婚，不過其中一次很可疑，那次很可能是個「戰時寡婦」的騙局，目的是要領取撫恤金，反正那個男人已死，自然也就無法反對了。她曾經離過一次婚（成爲被告），而且她的其中一位丈夫死了。她也許仍然和別的男人有「婚姻」關係。她前科累累而且很有意思，但顯然被判成是重罪的只有一次，在內布拉斯加，而且沒坐什麼牢就取得了假釋。這是只有透過指紋才確立的，因爲她逃離假釋，改了名字，也弄了一個新的社會福利號碼。偵探事務所詢問是否要通知內布拉斯加當局。

我告訴他們不必費心了，她曾經失蹤了九年，而且她犯的罪頂多也只是小小的詐欺罪而已。假如換成販毒的罪名，不曉得我會怎麼做？反射性的決定會有一些錯綜複雜的地方。

兩項發明的製圖進度嚴重落後，不知不覺就到了十月。我的說明書只寫了一半，因爲說明書的敘述必須和圖示一致，而且我根本還沒開始寫專利申請範圍。更糟的是，我根本還沒安排能讓專利申請下去的任何事項，我必須等到有個完成的工作來做演示，否則我也不能做到。我也沒時間做連絡工作。我開始認爲自己犯了一個錯誤，沒要求特維契博士把操控儀器設到至少三十二年，而不是三十一年再加上沒什麼用的三星期，我低估了自己需要的時間，也高估了自己的能力。

我還不曾把自己的玩具拿給我的朋友（薩頓夫婦）看，並不是因爲我想要隱瞞，而是因爲我不希望在還未完成的時候，就要聽一大堆話和無用的建議。九月的最後一個星期六，我本來已經安排要和他們一起去俱樂部的營地。由於進度落後，我在前一晚熬夜工作，然後一大早就被折磨人的鬧鐘鏘鏘聲吵醒，以便刮好鬍子，在他們過來的時候就準備好出門。我把那個討厭的鬧鐘關掉，感謝老天，在二〇〇一年，他們已經不用那種可怕的裝置了，然後我有氣無力地勉強打起精神，下樓到街角的雜貨店，打電話給他們，說我沒辦法去，我必須工作。

電話是珍妮接的，「丹尼，你工作得太辛苦了。到鄉下去度個週末會對你有益處的。」

「我實在不行，珍妮。我非工作不可。對不起。」

約翰拿起另一支電話，說：「你在胡說八道什麼？」

「我必須工作，約翰。我不這樣不行。幫我向大伙兒問好。」

我回到樓上，烤了幾片土司，煮了兩個蛋，就回到製圖阿丹前面坐下。

一小時後，他們用力敲我的門。

那個週末，我們三個都沒去山上。我示範了這兩樣發明的操作。珍妮並不覺得製圖阿丹有什麼了不起（那不是女人的小玩意兒，除非她自己也是個工程師），但百變彼得卻讓她驚奇得睜大眼睛。她用一台第二代的幫傭姑娘料理家務，因此明白這台機器能做的事太多了。

但約翰看得出製圖阿丹的重要。後來，我表演給他看，只要敲幾個鍵，就能清楚畫出我自己的簽名（我承認我曾經練習過），他的眉毛挑得更高。「好傢伙，你會讓成千上萬的製圖員丟掉工作。」

「不會的，國內工程人才不足的情形一年比一年嚴重，這玩意兒只能用來填補這個缺口。再過二十年，你就會看到這套工具出現在全國每個工程師和建築師的辦公室。要是缺了這個東西，他們就會像現代機械工少了電動工具一樣。」

「聽你說話的口氣，彷彿你知道似的。」

「我的確知道。」

他轉頭看看百變彼得（我先前做了設定，讓它收拾我的工作檯），再轉頭回來看製圖阿丹。「丹尼……有時候，我會以為你告訴我的是實話，你知道的，就在我們遇見你的那一天。」

我聳了聳肩。「要說這是預知力也可以……可是我眞的知道。我很確定。這有關係嗎？」

「我猜應該沒有。你對這兩樣東西有什麼打算？」

我皺起眉頭。「麻煩就在這裡，約翰。我是個眞正的工程師，而在必要的時候，也勉強算得上可以湊合的機械工。但我卻不是做生意的料子，我已經證明過了。你從來沒處理過專利法嗎？」

「我以前就說過，那是非常專門的工作。」

「你認識哪個可信的人嗎？除了可信還要非常聰明的律師呢？我已經到了必須找個專利律師的地步。我也必須設立一家公司來處理這件事，還要規劃資金的問題。可是我的時間不多，我的時間非常緊迫。」

「爲什麼?」

「我要回去原來的地方。」

他坐了下來，良久不發一語。最後，他說：「有多少時間?」

「呃，大約九星期。確切地說，從這個星期四算起，還有九星期。」

他看看那兩台機器，再回頭看看我。「你最好修訂一下時間表。我會說，你眼前大概還要安排九個月的工作。甚至那時也還不到生產階段，只是準備就緒，才剛要開始，如果幸運的話。」

「約翰，我辦不到。」

「我也會說你辦不到。」

「我是說，我不能改變我預定的時間表。這超出了我能掌控的範圍……目前的確如此。」

我雙手掩面。我實在疲憊不堪，剛才還睡不到五小時，而且連續幾天的睡眠都嚴重不足。以我當時的狀況，我很願意相信一切終究是某種「命定」的事，人可以奮力對抗命運，卻永遠也無法戰勝它。

我抬起頭來。「你願意處理嗎?」

「呃?處理哪個部分?」

「每個部分，我能做到的都做了。」

「這可是個大訂單，丹尼。我很可能吃掉你很多錢。你很清楚的，對不對?而且這可能是個大金礦。」

「以後會是的，我知道。」

「那麼你爲什麼要信任我？你還是讓我繼續當你的律師比較好，付服務費就行。」

我頭痛欲裂，試著思考，我和人合夥過一次。可是，眞要命，無論你吃過多少虧，上過多少當，你終究還是得信任別人。否則你就得躲在山洞裡隱居，睡覺時還得睜著一隻眼睛。根本不可能有什麼絕對安全的方法，光是活著，就是危險得要命……最終總是會要命的。

「天哪，約翰，你知道爲什麼。你信任我。如今我又需要你幫忙。你會幫我嗎？」

「他當然會，」珍妮輕聲插嘴，「雖然我沒聽到你們兩個在談什麼。丹尼？可以叫它洗碗盤嗎？你的每個碗盤都是髒的。」

「什麼，珍妮？哎呀，我想是可以吧。是的，當然可以。」

「那就請你指揮它去做，我想要看一看。」

「喔，我從來沒設計過叫它洗碗的程式。如果你希望我做，我會幫它設計程式，不過得用上幾個小時才能把事情做對。當然，從此之後，它就一定能做好。可是第一次……嗯，你知道，洗碗涉及了許多替代性的選擇。這是個『判斷』的工作，不是某種相對上很簡單的例行工作，像是砌磚頭或駕駛貨車等等。」

「天哪！我實在太高興了，終於發現至少還有一個男人懂得家事。你聽到他說的話嗎，親愛的？不過現在先別停下來教它，丹尼。這次我自己來做就好。」她看看四周。「丹尼，你住的地方眞像豬窩，而這還是比較客氣的說法。」

說句簡單的老實話，我完全沒想到百變彼得有可能爲我工作。我一直全神貫注，規劃著它能爲別人做什麼商業上的工作，一直教它去做那些事，而我自己只是把髒東西掃到角落，或是視而不見。這時，我開始教它萬能法蘭克已經學過的所有家務工作，它可以有這個能力，因爲和法蘭克的笨頭比起來，我已在它腦袋裡安裝了三倍數量的索氏管。

我有時間做到的，因爲後續的事有約翰接手。

珍妮幫我們打好說明書，約翰聘請了一位專利律師來協助處理專利申請範圍。我不知道約翰到底是付他現金，或是算他一份，我從來沒問過。我把整件事交給他打理，包括我們的股權應該如何分配，如此一來，我不只能放手做我專長的工作，而且我認爲，如果讓他決定這些事物，他不可能會像邁爾斯那樣利慾薰心；而且，老實說，我根本不在乎；金錢本身並不重要。若非約翰和珍妮就像我認爲的那樣，否則我乾脆找個山洞隱居起來算了。

我只有兩件事非常堅持。「約翰，我認爲我們應該把公司叫做『阿拉丁自動工程股份有限公司』。」

「這名字好像很花俏。『戴維斯與薩頓』有什麼不好？」

「一定得這麼做，約翰。」

「是嗎？這是你的預知力告訴你的嗎？」

「有可能，有可能。我們會用阿拉丁磨擦神燈的圖案做爲商標，燈神就在他頭上形成。」

我會畫一張草圖。還有一件事：總公司要設在洛杉磯比較好。」

「什麼？你這麼說就太過分了。我是說，如果你期望我來經營的話。丹佛有什麼不好？」

「丹佛沒什麼不好，它是個很不錯的城市，卻不是設立工廠的好地方。在這裡找到一個好地點，在某個明亮的早晨，你一覺醒來，卻發現聯邦的領地已經跨了過來，然後你就暫時不能營業，得去尋找一個新地方，再重新來一次。除此之外，勞工很缺乏，原料得從陸上運過來，建築材料都是黑市交易。然而，洛杉磯有無限量供應的熟手工人，而且每天都有越來越多人湧進來，洛杉磯是個海港，洛杉磯是……」

「煙霧呢？實在不值得。」

「他們不久以後就會把煙霧問題處理掉。相信我。而且，難道你沒注意到丹佛也開始出現煙霧了嗎？」

「先等一等，丹尼。你已經說得很清楚，你得去忙你自己的什麼事，而我得經營這個事業。行，我同意。可是在工作條件方面，我也應該有些選擇的餘地。」

「非得這麼做不可，約翰。」

「丹尼，一個住在科羅拉多州而且精神正常的人，他才不會搬到加州去。我在戰時曾經駐紮在那兒，所以我知道的。就拿珍妮來說，她是個土生土長的加州人，那是她不爲人知的祕密，你花錢也不能把她請回去。在這裡，你有冬天，變化的四季，清新的山間空氣，壯麗的……」

珍妮抬起頭來。「喔，我還沒到那種程度，說自己絕對不會再回去。」

「你說什麼，親愛的？」

珍妮一直靜靜地打毛線，除非她眞的有話說，否則她不太開口。這時，她放下手上的毛線，這是個清楚的表示。「要是我們眞的搬到那裡，親愛的，我們可以加入橡谷俱樂部，他們的露天游泳池一年四季都開放。上個週末，看到博爾德的游泳池上面結冰的時候，我就在想這件事。」

我一直待到一九七〇年十二月二日的傍晚，幾乎是最後一分鐘。我不得不向約翰借了三千元，我花在零件上面的價錢眞是令人氣憤，但我提出給他股份抵押書作爲擔保。他讓我簽了字，然後把字據撕掉，丟進廢紙簍。「等你方便的時候再還給我。」

「那得等上三十年，約翰。」

「怎麼會那麼久？」

我仔細考量了一番。自從六個月前的那天下午，在他坦白告訴我他不相信這件事最關鍵的部分之後，他就不曾要我解釋過我的整個故事，可是他卻願意擔保我進入俱樂部。

我告訴他，我認爲是該讓他知道眞相的時刻了。「我們應該把珍妮叫醒嗎？她也有權利知道這一切。」

「嗯……不要。讓她多睡一會兒，等你要離開再叫她。珍妮是個非常純眞的人，丹尼。只要她喜歡你，她根本不在乎你是誰，或是你從哪裡來。如果我覺得讓她知道也好，我可以日後再轉告她。」

「就聽你的。」他讓我把整件事說完，只是停下來倒滿我們的杯子，我的杯子裝的是薑汁汽水，我有理由不碰酒精。等我說到我掉在博爾德郊外的山坡上那時候，我終於停了下來。「就是這樣。」我說。「不過，有一件事讓我很困惑。後來，我看過那裡的地形，而且我覺得自己掉下來的高度應該沒有兩呎。假如他們曾經，我的意思是『假如他們打算』，用推土機把那座實驗室的地基挖深一點，我一定會被活埋。大概也會害死你們倆，更可能會把整個郡炸掉。我不知道當平面波形變回實體物質，而那地方已經有另一個物質的時候，到底會發生什麼情形。」

約翰繼續抽著菸。「怎麼樣？」我說。「你有什麼想法？」

「丹尼，你對我說了一大堆關於洛杉磯，我是說『大洛杉磯』及以後會如何的事。等我見到你的時候，我會讓你知道你說的有多正確。」

「絕對正確，頂多只是一些記憶上的小小疏失。」

「嗯……你確實讓整件事聽起來合乎邏輯。不過，於此同時，我認爲，在我所見過的人之中，你是說話最合理的瘋子，這倒不會妨礙你成爲工程師……或是朋友。我喜歡你，小子。我還打算買一件新的瘋人束衣送你當耶誕禮物。」

「你要這樣想也隨便你。」

「我非得這樣想不可。另一種可能，就是我自己根本就是瘋了……而那樣可能會對珍妮造成很大的問題。」他看了一下時鐘。「我們該把她叫醒了。如果我讓你就這麼離開，而沒向她說聲再見，她會剝了我的皮。」

「我也不敢那麼想。」

他們開車送我去丹佛國際機場，珍妮在閘口和我吻頰道別。我搭上十一點鐘的班機前往洛杉磯。

# 十一

隔天下午，一九七〇年十二月三日，我請計程車司機在隔邁爾斯家一條街的地方放我下來，留下充裕的時間，因爲我不知道我第一次到達那裡的確切時間。我走近他家的時候，天色已經暗了，但我只看到他的汽車停在路邊，於是我退後一百碼，站在一個看得見那段路的地方，在那兒等著。

抽完兩根菸之後，我看到另一輛車開過來，停下引擎，熄了燈。我又多等了幾分鐘，然後快步走過去。那是我自己的車子。

我沒有汽車鑰匙，但這可難不倒我，我老是太專心研究某個工程問題，常常忘了自己的車鑰匙，所以我早就養成習慣，留一把備用鑰匙塞在行李箱的縫裡。我拿到鑰匙，爬進車子裡。我停車的地方是個輕緩的下坡路，於是，我沒有開燈或發動引擎，只讓車子滑到街角，轉個彎，然後打開引擎，但沒有開燈，再開到邁爾斯家後面的巷子，停在他家車庫的正前方。

車庫是鎖住的。我透過髒污的玻璃往內看，看到一件用布蓋起來的東西。從它的輪廓看來，我知道這就是我的老朋友，我的萬能法蘭克。

車庫門的結構根本擋不住一個配備扳手和決心的男人，至少在一九七〇年的南加州的確如此。只需要幾秒鐘。我花費更長的時間把法蘭克拆開，好讓我能一塊塊搬走，塞進車內。不過，我先檢查看看筆記和圖示是不是在我猜想的地方，果然都在，於是我把一堆東西拖出去，丟到車內的座位下，然後再來處理法蘭克本身。沒人會比我更清楚它是怎麼組合起來的，而且既然我不在乎會對它造成多少損傷，拆起來就會更快速，不過，我仍然像個一人樂隊那樣忙了將近一小時。

我剛剛把最後一件東西（輪椅底座）裝進車子的行李箱，把車子的掀背式後蓋盡可能往下壓，這時我聽到彼得開始嗚咽。我在心裡暗自咒罵，沒想到把法蘭克拆開要耗掉那麼長的時間，同時，我急忙繞過車庫，跑到他們的後院。然後，這場動亂就開始了。

我曾經答應自己，我會好好珍惜彼得勝利的每一秒時光。可是我看不到。後門開著，有燈光從紗門漏出來，不過，我雖然聽得到各種奔跑、碰撞的聲音，彼得令人心寒的呼號，還有貝麗的尖叫，但他們卻一直不曾進入我的視線範圍，讓我也能欣賞一下。於是，我躡手躡腳走近紗門，希望瞥見一眼大戰的場景也好。

那個要命的樹枝竟然鉤住了！這是我在計劃中唯一沒預料到的事。於是，我發狂似地伸手到口袋裡，爲了打開小刀還弄斷一根指甲，然後忍痛猛力戳進門縫，把鉤子挑開，我才剛來得及跳開，彼得就像耍特技的摩托車騎上撞上柵欄一樣，一頭撞出紗門外。

我整個人跌進玫瑰叢。我不知道邁爾斯和貝麗是否曾經試圖到外面追牠。應該不太可能，要是和他們易地而處，我一定不會冒這個風險。但我太忙著解開身上的樹枝，並沒有注意到。

等到我能站起來，我就留在樹叢後方，慢慢向房子的側邊移動，我希望遠離那扇開著的門，以及從門縫漏出來的燈光。然後，我就只能慢慢等待彼得平靜下來。我絕對不會在那節骨眼上碰牠，當然更不會想去把牠抱起來。我很瞭解貓。

但牠每次經過我面前，一面來回尋找入口，一面發出深沉的挑釁吼聲，我就會輕聲叫喚牠。「彼得！過來這裡，彼得。放輕鬆點，小子，沒事了。」

牠知道我在那裡，而且有兩次牠看著我，可是此外根本不理會我。對貓而言，一次只能有一件事，牠此刻有緊急的事要處理，在這節骨眼上可沒空和爸爸重逢。但我知道，等到牠的情緒緩和下來，牠就會過來我這裡。

就在我蹲在那裡等著的時候，我聽到他們的浴室有水聲傳出來，猜想他們已經去清理自己，把我留在起居室。我突然有個恐怖的想法：要是我偷偷溜進去，找到我那個無法照顧自己的身體，割斷他的喉嚨，這會發生什麼狀況呢？但我忍住這種想法，我還沒有好奇到那種程度，而且用自殺的方式來做實驗也未免太極端，雖然這些狀況的邏輯實在令人好奇。

但我從來沒想通。

此外，就算有任何目的，我也不想進去裡面。我可能會撞見邁爾斯，而我也不想和一個已死的人打交道。

彼得終於停在我前面，在我臂長三呎外的地方。「喵？」牠說的意思是，「我們回去，把這筆帳清乾淨。你攻上盤，我攻下盤。」

「不行，好小子。表演結束了。」

「喵！噢，要！」

「該回家了，彼得。過來丹尼這裡。」

牠坐下來，開始清理自己。等到牠抬起頭來，我向牠伸出雙臂，牠就跳進我懷裡。「喵哇？」（「這場混亂開始的時候，你到底在哪裡？」）

我抱著牠走回到車子，把牠扔上司機座，車內也只剩下這裡有空位。牠嗅了嗅放在牠習慣的位置上面的破銅爛鐵，面有怒色地看看四周。「你得坐在我大腿上。」我說：「別再挑剔了。」

我們開上街之後，我才打開車燈。然後我轉向東，前往大熊湖的女童軍營。在最初的十分鐘車程，我已經扔掉了許多法蘭克的零件，足夠讓彼得可以坐上牠平常的位置，這對我們兩個都比較好。等又開了幾哩路，我終於把腳下的空間清出來，於是我停下來，把筆記和繪圖一古腦兒塞進洩洪排水道。至於輪椅底座，我一直等到眞正進入山區才把它丟掉，聽見它掉下深不見底的河谷，最後發出一陣悅耳的聲響。

大約清晨三點鐘，我把車開到轉入女童軍營的叉路再過去一些的汽車旅館，付了太高的價錢去住小木屋，而彼得差點破壞了這件事，因爲在旅館主人出來的時候，牠剛好伸出頭來，想要發表意見。

我問他：「從洛杉磯來的晨間郵件什麼時候會到這裡？」

「直升機七點十三分準時送來。」

「很好，七點鐘叫我一聲，可以嗎？」

「先生，在這個地方，如果你能睡到七點，你就比我還厲害了。但我會把你記在本子上。」

不到八點鐘，彼得和我已經吃過早餐，而我也沖過澡、刮過鬍鬚了。我在白天的光線下仔細看看彼得，判斷昨晚那場大戰並沒讓牠受傷，頂多可能只有一兩塊瘀血。我們結帳離開，然後我把車開進女童軍營的私有道路，山姆大叔的貨車就在我前方轉進去，我相信今天是我的好日子。

我這輩子從來沒看過那麼多小女孩。她們像小貓那樣飛快奔跑，穿著綠色制服的女孩看起來都差不多。從我身邊經過的女孩想要看看彼得，不過大多數女孩只是害羞地盯著牠看，並沒有靠近我們。我去到一間漆著「營本部」字樣的小屋，找到另一個穿著制服的女童軍，不過她絕對早已不是女童。

她對我理所當然會疑心，無論哪個陌生男人想要找剛剛長成大女孩的小女孩，都應該受到懷疑。

我向她解釋，我是那孩子的叔叔，名叫丹尼爾・B・戴維斯，我有個口信要帶給那孩子，是關於她家人的消息。她抬出標準的回答，除了父母以外的訪客，只有在父親或母親的陪伴下才允許探視，而且無論如何，探望時間要到四點鐘才開始。

「我不是想探望菲德瑞嘉，但是我必須把這口信帶給她。事情很緊急。」

「如果是那樣，你可以把消息寫下來，等到她「韻律遊戲」結束，我就會轉交給她。」

我做出沮喪的表情（也的確很沮喪），說：「我不想那麼做，想親口告訴那孩子會比較好。」

「家裡有人去世嗎？」

「倒不是，不過是家庭問題，沒錯。可是，對不起，女士，我實在不方便對別人講。這和我姪女的母親有關。」

她開始有點動搖，卻仍然猶豫不決。這時，彼得加入討論。我用左臂彎托住牠的下半身，牠的胸部則安放在我的右手上，我不想把牠留在車子裡，而且我知道瑞琪也會想見到牠。牠可以容忍我這樣抱牠一段時間，但這時牠開始覺得厭煩了。「喵咕？」

她看著牠，說：「牠眞是個乖小子，那隻貓。我家裡也有一隻虎斑貓，可能和牠是同一胎的兄弟。」

我嚴肅地說：「牠是菲德瑞嘉的貓。我不得不帶牠來，因爲……嗯，我非帶牠來不可。家裡沒人照顧牠。」

「喔，可憐的小傢伙！」她搔搔牠的下巴，那種方式很正確（謝謝老天），而彼得也欣然接受（再次謝謝老天），牠伸長頸子，閉上雙眼，一付很爽的模樣。如果牠不喜歡陌生人的主動示好，牠很可能會毫不通融。

那位兒童守護者告訴我，到營本部外面樹下的一張桌子那邊坐下。那個地方夠遠，可以讓人談些私人的話，但仍然在她能注意的範圍內。我謝謝她，就到那裡等著。

我並沒看到瑞琪走過來。我只聽到喊叫聲，「丹尼叔叔！」我才一轉身又聽到一聲，「你也把彼得帶來了！喔，眞是太棒了！」

彼得發出一陣長長的咕嚕聲，從我懷裡跳到她懷裡。她俐落地接住牠，重新換了個牠最喜歡的懷抱姿勢，她們有幾秒鐘的時間沒理會我，只是交換貓族的招呼方式。然後，她抬起頭來，嚴肅地說：「丹尼叔叔，我眞高興你能來。」

我沒有吻她，我根本沒碰到她。我從來就不是那種愛和小朋友摟摟抱抱的人，而瑞琪又是那種能躲就躲，躲不過只好勉強忍受的小女孩。我們最初的關係，回到她只有六歲的時候，就是建立在對彼此的尊重，體認到一方的獨立個體以及個人的尊嚴上。

但是我看著她。骨節突出的膝蓋，瘦得像根繩子，長高得很快，卻還沒來得及豐滿起來，她不像小時候那麼漂亮。她身上穿的圓領衫和短褲，加上曬傷脫皮、擦傷、瘀傷，還有一些泥巴（不難理解），眞的沒有一點女性的魅力。我知道她長大之後的女人模樣，而她這時就像那模樣拉長後的樣子，她有嚴肅的大眼睛，而她沾了污泥的臉蛋也露出帶著淘氣的美感，總算稍微減輕青春期前的尷尬醜模樣。

她看起來眞是可愛。

我說：「我也非常高興能來這裡，瑞琪。」

她用奇怪的姿勢，吃力地用一隻手臂抱著彼得，另一隻手伸到鼓起的褲袋裡。「我也非常意外。我剛剛才接到你寫的信，他們叫我去拿信，我根本還沒有機會看。信上有說你今天會來嗎？」她把信拿出來，由於塞進的口袋太小，信封已經發皺弄亂了。

「沒有，瑞琪。信上是說我要離開了。但在我寄出去之後，我決定我還是得親自過來說再見。」

她露出淒涼的表情，垂下了雙眼。「你要離開？」

「是的，我會解釋的，瑞琪，但是說來話長。我們先坐下來，我再把事情告訴你。」於是我們坐在黃松樹下的野餐桌兩側，然後我開始講話。彼得趴在我們中間的桌子上，前爪壓著那封壓皺的信，像個獅形紙鎮，發出低沉的嗡嗡聲，彷彿鑽進苜蓿花深處的蜜蜂，同時心滿意足地瞇起了眼睛。

聽到她說知道邁爾斯和貝麗已經結婚，我鬆了一大口氣，我還不敢去想該怎麼向她透露這件事。她抬頭看了我一下，就立刻低下頭去，面無表情地說：「是的，我知道。爸爸寫信來告訴我了。」

「喔，我明白了。」

她突然露出堅強的表情，一點都不像個孩子。「我不會回去那裡了，丹尼。我絕對不肯回去。」

「可是……聽我說，瑞琪，我知道你的感受。我當然也不希望你回去那兒，如果我做得到的話，我會親自帶你走。可是你怎麼能不回去？他是你的父親，而且你也只有十一歲。」

「我不必回去。他不是我的親生父親。我祖母會來接我。」

「什麼？她什麼時候會來？」

「明天，她得從布洛里開車上來。我寫信給她，告訴她這件事，也問她我能不能去和她一起住，因爲有『她』在那兒，我就不想再和爸爸住了。」她在一個代名詞裡用到的蔑視，比起成年人勉強擠出褻瀆的話語更甚。「奶奶回信給我，說如果我不想，我就不必住在他那裡，因爲他從來不曾正式收養我，而且奶奶才是我的『監護人』。」她面有憂色地抬起頭來。「是這樣沒錯，對不對？他們不能強迫我？」

我感到一陣難以言喻的寬慰。我一直百思不解的一件事，困擾我好幾個月的一個問題，就是要如何讓瑞琪不要受到貝麗的惡毒作用，嗯，兩年，似乎很確定是大約兩年的時間。「要是他從來不曾正式收養你，瑞琪，只要你們兩個的立場都很堅決，我相信你的祖母可以敲定這件事。」然後，我皺起眉頭，咬了咬唇。「不過，你明天可能會有一點麻煩。他們可能不肯讓你跟她走。」

「他們要如何阻止我？我只要跳上車離開就行了。」

「事情沒那麼簡單，瑞琪。這些管童軍營的人，他們必須照規定辦事。你爸爸，我是說邁爾斯，邁爾斯把你交給他們，他們就不會願意把你交給除了他以外的任何人。」

她噘起下唇。「我不會去的，我要和奶奶走。」

「是的，不過，也許我可以告訴你，怎麼做會比較容易。假如我是你，我不會向他們說我會離開營隊，我只會告訴他們，你的祖母想帶你開車出去兜風，然後一去不回。」

她緊張的情緒放鬆了一些。「好吧。」

「呃……不要打包行李，或是帶任何東西，不然他們會猜出你想做什麼。除了身上穿的之外，不要帶任何衣物。如果有錢，或是你眞正想要保存的任何東西，就放進你的口袋裡。我想，你在這裡應該沒有太多東西，尤其是你眞的不願意失去的吧？」

「我猜是沒有。」可是她面有愁容。「我有一件全新的泳裝。」

你要怎麼向一個孩子解釋，有時候你就是必須放棄你的家當？不可能的，他們可能回到著火的建築物，只爲了救回一個洋娃娃或是大象玩偶。「嗯……瑞琪，請你的祖母告訴他們，她打算帶你去箭頭鎭一起游泳……然後她會帶你去那裡旅館吃晚餐，但是她會在熄燈就寢之前送你回來。那麼你就可以帶著你的泳裝和一條毛巾。但其他東西都別帶。呃，你的祖母會幫你撒點小謊嗎？」

「我想會吧。是的，我相信她會的。她說，人們不得不說點小小的白色謊言，要不然人們會無法忍受對方。可是她說這種小謊言要用在適當的地方，絕對不能濫用。」

「聽你這麼說，她好像是很明智的人。你會這麼做嗎？」

「我會完全照這樣去做，丹尼。」

「那就好。」我拿起那封壓扁的信封。「瑞琪，我對你說過，我必須離開。我必須離開很久很久。」

「多久？」

「三十年。」

她的大眼睛睜得更大了。對十一歲的孩子來說，三十年不是很久而已，根本就是一輩子。我又說：「對不起，瑞琪。可是我非去不可。」

「爲什麼？」

我實在無法回答這個問題。眞正的答案令人無法相信，但說謊話實在又不行。「瑞琪，這實在太難解釋了。可是我非去不可，我實在無能爲力。」我猶豫了一下，又說：「我要去冬眠。冬眠，你知道我的意思。」

她知道。兒童比成人更快習慣新觀念，冬眠是個熱門的漫畫書主題。她露出驚慌及反對表情，「可是，丹尼，我再也見不到你了！」

「不對，你會的。時間是很久，可是我一定會再見到你。彼得也會。因爲彼得會和我一起去，牠也要去冬眠。」

她看了彼得一眼，露出無比哀戚的表情。「可是……丹尼，你爲什麼不乾脆和彼得下來布洛里，和我們一起生活呢？那一定會更好的。奶奶會喜歡彼得，她也會喜歡你，她常說，家裡有個男人是最幸福的事。」

「瑞琪……親愛的瑞琪……我非去不可。請你不要取笑我。」我開始撕開信封。

她的臉色轉爲憤怒，她的下巴開始顫抖。「我認爲她和這件事一定脫不了關係！」

「什麼？如果你說的是貝麗，她和這件事無關。至少沒有絕對的關係。」

「她不會和你一起冬眠嗎？」

我想我當時顫慄了一下。「老天爺，當然不會！我躲她都來不及。」

瑞琪的怒氣似乎稍微消了一點。「你知道，爲了她的事，我那時候對你眞的很生氣。我簡直是非常憤慨。」

「對不起，瑞琪。我眞的很對不起。你的感覺是對的，錯的人是我。可是她和這件事毫無關係。我和她之間已經完了，永遠永遠完了，我可以對天發誓。不過，我們先談談這件事。」我拿起自己剩下的全部幫傭姑娘股份的證書。「你知道這是什麼嗎？」

「不知道。」

我解釋給她聽。「我要把它留給你，瑞琪。因爲我要離開那麼久，所以我希望你收下。」

我我把先前寫好要轉讓給她的字據拿出來，把它撕掉，然後把碎片塞進口袋，我可不能冒這個風險，讓貝麗撕碎另一張紙實在太容易了，而我們還沒脫離危險呢。我把證書翻過去，仔細端詳背面的標準轉讓表格，努力思考要怎樣處理美國銀行的信託……「瑞琪，你的全名是什麼？」

「菲德瑞嘉・維姬妮亞。菲德瑞嘉・維姬妮亞・根特利，你知道的。」

「眞的是『根特利』嗎？我以為你說過邁爾斯從來不曾正式收養你？」

「喔！自我懂事以來，我一直是瑞琪・根特利。可是說到我眞正的姓，那是我奶奶的姓……也就是我生父的姓：漢尼克。可是從來沒人那樣叫我。」

「從此以後就會有了。」我寫下「菲德瑞嘉・維姬妮亞・漢尼克」，再加上一句「在她二十一歲生日時再轉讓給她」，這時我不禁脊背發麻，無論如何我的原始轉讓書很可能根本無效。

我開始簽字，同時注意到我們那位監視人正從辦公室探頭出來。我看看腕錶，明白我們已經談了一個小時，我的時間越來越緊迫。

但我希望完全敲定這件事。「女士！」

「什麼事？」

「這附近會不會剛好有公證人？還是我得到村子裡去找呢？」

「我自己就是公證人。你有什麼要求？」

「喔，太好了！天助我也！你有帶印信嗎？」

「我到哪裡都會帶著它。」

於是，我當著她的面簽下姓名，而她甚至更強調一點（讓瑞琪保證她認識我，以及彼得無言的證詞，說明我是貓族友好聯盟成員的體面人士），並且使用完整格式：「……我個人所知，自稱丹尼爾・B・戴維斯……」等到她在我的簽名和她自己的簽名上方蓋上印信，我終於鬆了一大口氣。就讓貝麗試試看有什麼方法來改這份文件！

她好奇地掃視了一下，但沒說什麼。我嚴肅地說：「悲劇無法挽回，但這個東西會幫得上忙。這是有關孩子的教育，你知道的。」

她不肯收公證費用，就走回營隊辦公室。我轉過頭看著瑞琪，說：「把這拿給你的祖母，請她拿到美國銀行在布洛里的分行。其他的事就交給他們。」我把東西放在她面前。

她並沒有碰那個信封。「這東西值很多錢的，對不對？」

「的確值一筆錢，以後會更值錢。」

「我不要。」

「可是，瑞琪，我要你留著它。」

「我不要，我根本不會拿。」她的眼中充滿淚水，語調變得很不平穩。「你這一去就是一輩子……你已經不在乎我了。」她吸著鼻子說。「就像你和她訂婚的時候一樣。你什麼時候才能帶著彼得，過來跟奶奶和我一起生活。我不想要你的錢！」

「瑞琪，聽我說，瑞琪。來不及了，即使我想要，也拿不回來了。它已經是你的了。」

「我不在乎。我永遠也不會去碰。」她伸出手撫摸彼得。「彼得不會丟下我……可是你卻要逼牠離開。現在我連彼得也見不到了。」

我用極不平穩的語氣說：「瑞琪？可愛的瑞琪？你想要再見到彼得……還有我嗎？」

我幾乎聽不見她的聲音。「我當然想，可是我見不到了。」

「你可以的。」

「唔？怎麼做？你說過，你要去冬眠……三十年，你說過。」

「我是要去，我非去不可。可是，瑞琪，你可以這麼做。做個乖女孩，去和奶奶一起生活，去上學，就讓這筆錢越積越多。等到你二十一歲的時候，如果你還想見到我們，你自己就有足夠的錢去冬眠。等你醒來的時候，我會在那裡等著你。彼得和我都會等著你。這是個嚴肅的承諾。」

她的表情變了，但她仍然沒有笑容。她思考了很久，然後才說：「你眞的會在那裡嗎？」

「是的，不過我們必須約好日期。如果你要做，瑞琪，請按照我告訴你的方式去做。你去找大都會保險公司安排，而且你要確定你會在河畔市的河畔護眠中心冬眠……然後你要非常確定，指示他們在二〇〇一年五月一日當天把你叫醒。那一天，我會在那裡等著你。如果你希望在你張開眼睛的時候我會在場，你也必須留下指示告訴他們，否則他們會要求我留在等候室，我知道那家護眠中心，他們很挑剔的。」我拿出一個在我離開丹佛之前就準備好的信封。「你不必把這一切都記下來；我都幫你寫好了。只要留著這張紙，等到你二十一歲生日那天再下決定。不過你可以肯定，彼得和我會在那裡等著你，不管你會不會出現。」我把事先準備寫好的詳細步驟放在股票證書上。

我以爲自己已經說服她了，但她兩樣東西都沒碰。她盯著那兩樣東西看了一會兒，然後說：「丹尼？」

「怎麼了，瑞琪？」

她不肯抬起頭來，只是壓低了聲音說話，聲音細微得我差點聽不到。但我的確聽到了。

「如果我照做……你會和我結婚嗎？」

我的雙耳彷彿聽到雷鳴，眼前彷彿有強光閃爍。但我鎮靜地回答，也提高了音量：「是的，瑞琪。我就是希望那樣。所以我才會這麼做。」

我還有一樣東西要留給她：一個預先準備好的信封，上面寫著「萬一在邁爾斯·根特利死亡時才可開啓」。我並沒向她解釋，我只告訴她把這信封收好。裡面含有貝麗各種職業、婚姻及其他方面的證據。要是落到哪個律師手上，貝麗要是爲了他的遺囑上法庭打官司根本毫無勝算。

然後，我把我的理工學院畢業戒指交給她（我也只有這個），說這東西是她的了，我們訂婚了。「你戴起來太大了，不過你可以留著。等你醒來的時候，我會另外買一個給你。」

她把戒指緊緊握在手中。「我不要另外一個。」

「好吧。該向彼得道再見了，瑞琪。我得走了，一分鐘也不能再耽擱。」

她擁抱了一下彼得，然後把牠交還給我，堅定地直視我的雙眼，但她淚水直流，在臉上留下幾道清楚的淚痕。「再見，丹尼。」

「再見，瑞琪。一定會再見的，我們會等著你。」

等我回到村子裡，已經是十點多了。我發現有一架公共運輸直升機會在二十五分鐘後起飛前往市中心，於是我找到村裡唯一的二手車賣場，做了有史以來最快的交易，讓我的車子以一半的價值脫手，只爲了立刻將現金拿到手。剩下的時間只夠讓我偷偷將彼得帶進交通直升機（暈機的貓會讓他們大驚小怪），我們抵達包爾的辦公室時才剛過十一點鐘。

包爾非常生氣，因爲我取消了原本讓互助爲我處理財產的安排，尤其是遺失原來的文件，他也訓了我一頓。「我不太可能請同一位法官在二十四小時內審核兩次你的冬眠文件，這實在太不尋常了。」

我向他揮舞著鈔票，一疊大面額的現款。「不必對我發脾氣了，你到底要不要做我的生意？如果不做，就說明白，那我就上樓去找中央谷。因爲我今天就要去。」

他仍然怒氣沖沖，但還是讓步了。然後，要在冬眠期加上六個月，他又開始發牢騷，也不想保證醒來的確切日期。「合約上通常會寫『加或減』一個月，總是要考慮行政方面的偶發事件。」

「這一份不會。這一份要寫二〇〇一年四月二十七日。但我不在乎最上面寫的是『互助』或『中央谷』。包爾先生，我有東西要買，而你有東西要賣。如果你沒有我想要買的東西，我就到別的地方去買。」

他改動了合約，我們兩人都在上面簽了字。

十二點整，我回到他們的體檢醫師那裡，進行最後的檢查。他看著我。「你有保持清醒嗎？」

「像法官一樣清醒。」

「光說是沒有用的。我們來瞧瞧。」他仔細檢查我，幾乎就像他「昨天」做的那樣仔細。最後，他放下手上的橡皮槌，說：「我太意外了，你比昨天的狀況好太多。眞是令人驚奇。」

「醫師，你要是知道一半就不得了了。」

我抱著彼得，哄著牠，好讓他們爲牠注射第一支鎭靜劑。然後，我自己放鬆下來，讓他們爲我處理。我想我其實可以多等一天，或甚至更久，也不會有什麼差別，可是我眞的急著想回到二〇〇一年。

大約下午四點鐘的時候，彼得的頭無力地靠在我的胸口，我又心滿意足地去睡覺。

# 十二

這次，我做了比較愉快的夢。我唯一記得的惡夢還不算太差，只是永無止盡的挫折。那個夢很冷，我全身顫抖著到處遊蕩，穿過許多分岔的迴廊，把看到的每一扇門都打開試試，以爲下一扇門一定是夏之門，而瑞琪就在門的另一邊等著。彼得常常「忽前忽後」絆住我的腳步，貓都有那種讓人討厭的習慣，會在人的兩腳中間鑽前鑽後，當然是信任的人，才不會踩到或踢到牠們。

每次打開一扇新的門，牠就會鑽到我雙腳中間，看看門外，發現外面還是冬天，牠就會身子一轉，差點把我絆倒。

但我們兩個都不曾放棄這個信念：下一扇門一定是正確的門。

這次，我輕鬆地醒過來，沒有迷茫的情形。事實上，我只想要一份早餐、大洛杉磯《時報》，卻不想要任何閒聊，這讓醫師有點嚇到。我想大概不值得向他解釋這是我的第二次，他一定不會相信我的。

有一張紙條在等著我，上面的日期是一個星期前，是約翰寫的：

親愛的丹尼：

好吧，我放棄。你是怎麼做到的？

我遵守你不能見面的要求，雖然珍妮百般不願。她向你問候，也希望你別等太久才來找我們，我已試著向她解釋，說你預計會忙上好一陣子。我們兩個都很好，不過我以前能跑的地方，現在得用走的。而珍妮則比以前更美麗。

你的老朋友

約翰

又：如果信封裡的還不夠，只要打個電話來就行了，反正我們多得很。我們做得相當不錯，我猜想。

我本來想打電話給約翰，一方面是打個招呼，一方面是要告訴他我在睡覺時出現的一個絕妙新構想，這個玩意兒可以把沐浴從日常雜務變成一種奢華的樂趣。但我決定先不去找他，我還有其他事情要辦。於是我趁著記憶猶新，趕快做了筆記，然後多睡一會兒。彼得躺在我懷中，貓頭鑽進我的胳肢窩裡。眞希望我能治好牠那個毛病！這是拍馬屁的行爲，卻也讓人討厭。

四月三十日星期一，我辦了出院手續，前往河畔市，到老舊的「大使客棧」要了個房間。他們對於帶貓進房間正如我預期的那樣大驚小怪，而且自動機器的侍者對於賄賂也沒有反應，實在算不上什麼改進。但客房副理的神經突觸比較有彈性，只要數字的說服力夠，他就會聽你的理由。我整夜都沒睡好，因爲我實在太興奮了。

隔天早上十點鐘，我去找河畔護眠中心的主任，向他自我介紹。「藍西醫師，我名叫丹尼爾・B・戴維斯。你們這裡有一位入眠的客戶，名叫菲德瑞嘉・漢尼克的嗎？」

「我想，你可以證明一下自己的身分嗎？」

我給他看一九七〇年在丹佛核發的駕駛執照，以及「森林草地護眠中心」發給我的「出眠證明書」。他看了看這兩樣文件和我本人，就把東西還給我。我焦急地說：「我想她預定在今天出眠。是不是有任何指示允許我在現場呢？我說的不是處理的例行程序，我指的是最後一分鐘，等她準備好最後的出眠及恢復意識時。」

他噘起嘴唇，露出法官似的表情。「這位客戶留給我們的指示，並不是要在今天把她叫醒。」

「不是嗎？」我覺得既失望又痛苦。

「不是，她確實的指示如下：她並沒說必須在今天醒來，而是希望等到你出現，否則不要叫醒她。」他仔細打量我，終於露出笑容。「你的心地一定非常善良。但從你的外貌，我實在看不出來。」

我歎了口氣。「謝謝您的恭維，醫師。」

「你可以在大廳裡等，或是待會兒再回來。我們至少還要兩小時才用得到你。」

我回到大廳，接了彼得，帶牠出去走一走。我先前把牠放在新的旅行袋裡並留在大廳，不過牠實在不太滿意那個袋子，雖然我盡可能找到很像牠原來用的那一個，而在前一天晚上也安裝了一個單向觀景窗。大概是味道還不對吧。

我們經過那家「真的很不錯的地方」，但是我並不餓，雖然我沒能吃太多早餐，彼得吃掉了我的蛋，卻不肯吃酵母條。十一點三十分的時候，我又回到護眠中心。他們終於讓我進去看她。

我只看得到她的臉，她的身體整個蓋住了。但那是我的瑞琪，成年女人的身形，看起來像個熟睡的天使。

「她目前正在醒前狀態，」藍西醫師輕聲說：「如果你就站在那裡，我會把她叫起來。呃，我想你最好把那隻貓放到外面。」

「不行，醫師。」

他本來想說些什麼，又聳了聳肩，轉身回去處理病人。「醒過來，菲德瑞嘉。醒過來，你現在該醒來了。」

她的眼皮顫動了一下，睜開雙眼。她的眼神游移了一下子，然後她看到了我們，露出睡眼惺忪的微笑。「丹尼……還有彼得。」她伸出雙臂，我看到她的左手大拇指上戴著我的大學畢業戒指。

彼得喵喵叫個不停，跳到床上，開始瘋狂地挨擦著她的肩膀，表現無比熱情的歡迎。

❦ ❦ ❦

藍西醫師希望她多留一夜，但瑞琪說什麼也不願意。於是，我叫了一輛計程車直接開到門口，我們就飛奔前往布洛里。她的祖母死於一九八〇年，那裡也沒有什麼人認識她了，但她還有一些東西（主要是書）放在那裡的保管箱。我請人把東西送到阿拉丁，轉交給約翰．薩頓。家鄉的變化讓瑞琪有一點眼花撩亂，她一刻也不肯放開我的手臂，但她卻不曾有冬眠後可能發生的嚴重鄉愁。她只想儘快離開布洛里。

於是我雇了另一輛計程車，我們跳上車一路到優瑪。我在郡文書處用工整的正楷字簽下我的全名「丹尼爾．布恩．戴維斯」，因此就不可能有人懷疑，到底是哪個D？B？戴維斯設計了這個傑作。幾分鐘後，我站在那裡，緊握住她的小手，哽咽著說：「我，丹尼爾，與汝，菲德瑞嘉結為夫婦……至死不渝。」

彼得是我的伴郎。至於證婚人，我們就在法院大樓隨便抓了幾個湊數。

我們立刻離開優瑪，飛快前往土桑市附近的一座度假農場，我們自己有間主要寄宿處的木屋，配備了我們的自己的勤勞夥計，幫忙收送東西，因此我們不需要見到任何人。彼得和原本是農場老大的雄貓打了一場值得紀念的大戰，因此我們只得讓彼得留在屋裡，或是看著牠。這是唯一我能想到的缺點。瑞琪把結婚當成好像是她發明似的，而我，嗯，我有瑞琪。

此外也沒什麼好說的了。利用瑞琪的幫傭姑娘股份（這仍然是最大的一塊）表決權，我讓麥克比移到樓上去當「榮譽研究工程師」，升恰克當總工程師。約翰是阿拉丁的老闆，但一天到晚嚷著要退休，不過也只是嚷嚷而已。他和我還有珍妮掌控公司，由於他對於發放優先股權非常謹慎，同時傾向於採用債券融資而不願意釋出控制權。兩家公司的董事會我都沒有掛名，我不參與經營，兩家公司也彼此競爭。競爭是個好主意，達爾文對競爭非常重視。

至於我，我只是「戴維斯工程公司」負責人，有間製圖室、一個小工廠，加上一個老機械技師，他認爲我很瘋狂，但做出來的東西與我的繪圖作品卻絲毫不差。等到我們完成某件產品，我就把授權賣出去。

我請人把我爲特維契做的筆記找出來。然後我寫信告訴他我成功了，也利用冬眠回來……並且因爲「懷疑」他而低聲下氣地道歉。我問他，在我寫好以後，他是否願意看看書稿。他一直沒回信，所以我猜他仍然在生我的氣。

但我眞的在寫這本書，而且我會把書送到所有的大型圖書館，即使我必須自費出版，那是我欠他的。我欠他的不止這些，眞多虧了他，我才能擁有瑞琪，還有彼得。我打算把書名叫做《埋沒的天才》。

珍妮和約翰看起來好像永遠不會老。幸虧有老人醫學、新鮮空氣、陽光、運動，以及一向無憂無慮的心靈，珍妮比以前更漂亮，而她已經……嗯，我猜大概是六十三歲。約翰認爲我「只是」有預知能力，卻不想看看證據。嗯，我究竟是如何做到的？我試著把這件事解釋給瑞琪聽，卻讓她心煩意亂，因爲我告訴她，在我們去度蜜月的同時，我其實也在博爾德，而在我去女童軍營看她的同時，我也躺在聖菲曼多谷，被打了針藥，整個人恍恍惚惚的。

她的臉色轉爲蒼白。於是我說：「我們用假設的方式來說明。當你用數學方式來看待，這一切都是合乎邏輯的。假設我們拿一隻天竺鼠——白色，有棕色斑點的那種。我們把牠放在時間籠，把牠丟回一個星期前。但一個星期前，我們早就發現牠在那裡，所以在那時候，我們就把牠和牠自己一起放在籠子裡。那麼，我們就有了兩隻天竺鼠……只不過，實際上就是一隻天竺鼠，其中一隻就是一星期後的另一隻。所以，當你抓到其中一隻，把牠丟回一星期前……」

「等一下！哪一隻？」

「哪一隻？哎呀，從頭到尾就只有一隻。你當然是抓比較幼小一星期的那隻，因爲……」

「你剛才說只有一隻，然後你說有兩隻。然後你又說這兩隻其實是同一隻。可是你打算抓兩隻的其中一隻……而這時候卻只有一隻……」

「我正試著要解釋兩隻怎麼會只有一隻。假如你抓了比較幼小的那隻……」

「兩隻天竺鼠看起來一模一樣，你要怎麼分辨哪一隻比較幼小？」

「嗯，你可以把你要送回去的那一隻的尾巴切掉。那麼，等牠回來的時候，你就……」

「哎呀，丹尼，好殘忍喲！而且，天竺鼠根本沒有尾巴。」

她好像以爲這就證明了什麼。我實在不應該試圖解釋的。

但瑞琪才不會爲這種無關緊要的事煩惱。看到我苦惱的樣子，她柔聲地說：「過來這裡，親愛的。」她撥撥我所剩無幾的頭髮，親吻了我一下。「我只想要一個你，親愛的。兩個可能太多，我大概照管不來。告訴我一件事，你這樣等我長大，你眞的覺得高興嗎？」

我盡最大的努力，讓她相信我的確很高興。

但我雖試著提出的解釋，並沒有解釋清楚每一件事。我有一件事還是想不通，好比我彷彿坐在旋轉木馬上，數著自己到底轉了幾圈。爲什麼我沒看到自己的出眠啓事？我指的是第二次，二〇〇一年四月的那一次，而不是二〇〇〇年十二月的那一次。我應該會看到的，我人在那裡，而且我習慣逐條看過那些名單的。我醒來的時候（第二次）是二〇〇一年四月二十七日星期五，這消息應該會出現在次晨的《時報》。可是我沒看到。後來我查過，看到它就寫在那裡：「D·B·戴維斯」，在二〇〇一年四月二十八日星期六的《時報》上。

從哲學上來說，只要一條墨跡，就可能造成一個不同的宇宙，讓整個歐洲大陸消失不見。古老的「分枝時間流」和「多重宇宙」的概念是否正確？我是不是跳到了一個不同的宇宙，而它之所以不同，是因爲我把事件的安排瞎搞一通嗎？即使我發現這宇宙裡有瑞琪和彼得嗎？是不是某個地方（或某個時間）還有另一個宇宙，彼得在其中痛苦哭號，直到絕望，以爲自己被遺棄，然後在街上流浪，設法養活自己？而在這個宇宙裡，瑞琪根本不曾順利地和祖母一起逃離，而是必須忍受貝麗惡意的報復行爲？

光報紙上的一行小字還不夠。那天晚上，我大概睡著了，沒看到我自己的名字，隔天早上就把報紙塞進垃圾滑道，以爲我已經看完了。我的確是心不在焉，尤其是當我專心思考工作的時候。

但假如我眞的看到了，我又會怎麼做呢？去那裡，見到自己，而就這麼瘋掉嗎？不對，假如我眞的看到，我一定不會做出我事後所做的事（對我來說是「事後」），而這卻是事情的導因。因此就永遠不會那樣子發生。這種控制屬於一種負反饋的類型，具有內建的「故障安全防護」，因爲那一行油墨之所以會存在，根本就是因爲我沒有看見它，雖然我看見它的可能性好像很高，卻是這一切基本回路設計已經排除的「不可能」之一。

「無論我們怎樣辛苦圖謀，結局終究是神來安排。」自由意志和宿命在同一個命題當中，而兩者皆爲眞。只有一個眞實世界，一個過去和一個未來。「始初如此，現今如此，後來亦如此，永無窮盡，阿門！」只有一個……但這世界夠大也夠複雜，可以將自由意志和時光旅行以及其他的一切，包含在它的環節、反饋以及控制回路當中。在這些規則之內，你可以做任何事……但你總是回到你自己的門。

我不是唯一做過時光旅行的人。佛特列舉了太多無法用其他理由解釋的案例，而比爾斯也是。此外還有凡爾賽宮特里阿農花園裡的那兩位女士。我還有一種直覺，那個老特維契博士撥動那個開關的次數，比他承認的還要多……更不必說過去或未來可能已經學到方法的其他人。但我相信這種事不容易傳開。就拿我來說，只有三個人知道，而且其中兩個還不相信我。即使你做時光旅行，你也做不了多少事。正如佛特說的，只有在鐵路建設的時代來臨，你才可能建設鐵路，那是鐵則。

但我怎樣就是忘不掉雷歐納・文森。他是雷歐納多・達文西嗎？他眞的成功跨越大陸，並且和哥倫布一起回去嗎？百科全書上面說，他的一生是如此這般，但他大有可能修改記錄。我知道這是怎麼回事，我也不得不做一點諸如此類的事。十五世紀的義大利沒有社會福利號碼、身分證，也沒有指紋，他可以編出來的。

但想到他，陷於孤立無援的困境，遠離他習慣的一切事物，他知道飛行、知道電力，知道幾百萬種事物，拼命畫出那些東西的圖樣，希望有人能製造出來，但命定要遭受挫折，因爲要是沒有先前幾百年的工藝發展，你就是做不到我們今天能做的事。

而這比起希臘神話裡的丹達羅斯所受的懲罰，還比較輕鬆呢！

我曾經思考過，如果把時光旅行銷密的話，它在商業上會有什麼用途，或者是做幾次短途旅行，隨身帶著零件，安裝可以把自己送回來的機械。但有一天你會多跳了一次，無法安排你的回程，因爲「鐵路建設」的時機還沒到。某種簡單的東西（像是某種特殊合金）也可能讓你徹底失敗。而且的確還有非常可怕的危險，不知道你會跳到哪個方向。想像一下，本來想去二十五世紀，最後卻和一大堆莫名其妙的人一起出現在亨利八世的宮廷中，倒不如像帆船被困在北大西洋的無風帶還比較好。

不，在解決這些問題之前，根本也不應該讓這個玩意兒上市的。

但我並不擔憂「弔詭」或「造成時代錯誤」，如果有個三十世紀的工程師眞的解決了這些問題，然後設立轉運站和貿易圈，那是因爲造物主設計的宇宙就是這樣。祂給了我們眼睛、兩隻手，一個腦袋，而我們利用這些東西所做的任何事，都不可能是弔詭的。祂不需要好事之徒來「執行」祂的律法，祂的律法會自己執行。沒有所謂的奇蹟，而「時代錯誤」一詞也只有模糊的語義而已。

但是，我不會比彼得更擔心哲學。無論這世界的眞相是什麼，我都會喜歡。我已經找到我的夏之門，而也不會再去時光旅行了，因爲我怕下錯車站。也許我的兒子會去，但如果他眞的去，我會鼓勵他往前，而不是往後。「回去」只適用於緊急狀況，未來會比過去好。儘管有懷舊者、浪漫主義者以及反智主義者，這世界不斷改善，因爲人類的心智會影響環境，讓世界變得更好。使用雙手……使用工具……使用常識，加上科學與工程。

那些瞧不起科技的長髮怪人，大多數連拔個釘子也不會，更不懂得使用計算尺，我很想邀請他們進去特維契博士的籠子，把他們送回十二世紀，讓他們好好享受一番。

但我不會對任何人發脾氣，而且我喜歡現在。只不過彼得越來越老，肥了一點，也不大會去挑選比較年輕的對手，要不了多久，牠就得去做眞正的長眠了。我衷心希望，牠那勇士般的小靈魂能找到牠的夏之門，那裡有滿山遍野的貓薄荷草原，讓虎斑貓能夠滿足。機械貓的對手可經過程式設計，打架很兇猛（但一定會輸），而且人們會提供友好的膝和腿讓牠磨蹭撒嬌，卻絕對不會用腳踢牠。

瑞琪也變胖了，原因是因爲幸福。這只是讓她變得更美麗，也沒有改變她那永遠甜美的「對呀！」，卻讓她有點不太舒服。我正在研究一些讓事情更輕鬆的玩意兒，身爲女人實在很不方便，有些事情應該要加以改進，而且我相信的確有方法可以改進，尤其是彎下身的動作，還有腰痠背痛等，我正在處理這些技術，現已爲她製作了一個水床，我想會申請專利，另外像進出浴缸也應該比現在更容易，不過目前我還沒解決這個問題。

至於老彼得，我建造了一間「貓廁所」，讓牠在惡劣的天氣使用，是全自動，可以自動補充貓砂，衛生而且無臭。然而，彼得是隻規矩的貓，寧願到戶外去，而且從來不放棄牠的信念：你只要試過所有的門，其中一扇必然是夏之門。

你知道，我認爲牠沒錯。

92.5.27
19:09
(二)

國家圖書館出版品預行編目資料

夏之門／海萊因（Robert Anson Heinlein）作；
吳鴻譯．--初版．--臺北市：麥田出版：
城邦文化發行；2003【民92】
面；　公分；（麥田水星；3）
譯自：The door into summer
ISBN 986-7782-94-1（平裝）

874.57　　　　92004375

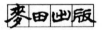

cité 城邦

# 讀者回函卡

謝謝您購買我們出版的書。請將讀者回函卡填好寄回，我們將不定期寄上城邦集團最新的出版資訊。

姓名：＿＿＿＿＿＿＿＿＿＿ 電子信箱：＿＿＿＿＿＿＿＿

聯絡地址：☐☐☐ ＿＿＿＿＿＿＿＿＿＿＿＿＿＿＿＿

＿＿＿＿＿＿＿＿＿＿＿＿＿＿＿＿＿＿＿＿＿＿＿＿

電話：(公) ＿＿＿＿＿＿＿＿ (宅) ＿＿＿＿＿＿＿＿

身分證字號：＿＿＿＿＿＿＿＿＿＿ (此即您的讀者編號)

生日：＿＿年＿＿月＿＿日 性別：☐ 男 ☐ 女

職業：☐ 軍警 ☐公教 ☐ 學生 ☐ 傳播業

☐ 製造業 ☐ 金融業 ☐ 資訊業 ☐ 銷售業

☐ 其他 ＿＿＿＿＿＿

教育程度：☐ 碩士及以上 ☐大學 ☐專科 ☐ 高中

☐ 國中及以下

購買方式：☐ 書店 ☐ 郵購 ☐ 其他 ＿＿＿＿＿＿＿

喜歡閱讀的種類：☐ 文學 ☐ 商業 ☐ 軍事 ☐ 歷史

☐ 旅遊 ☐ 藝術 ☐ 科學 ☐ 推理 ☐ 傳記

☐ 生活、勵志 ☐ 教育、心理

☐ 其他 ＿＿＿＿＿

您從何處得知本書的消息？(可複選)

☐ 書店 ☐ 報章雜誌 ☐ 廣播 ☐ 電視

☐ 書訊 ☐ 親友 ☐ 其他 ＿＿＿＿＿＿＿

本書優點：☐ 內容符合期待 ☐ 文筆流暢 ☐ 具實用性

(可複選) ☐ 版面、圖片、字體安排適當 ☐ 其他 ＿＿＿＿

本書缺點：☐ 內容不符合期待 ☐ 文筆欠佳 ☐ 內容平平

(可複選) ☐ 觀念保守 ☐ 版面、圖片、字體安排不易閱讀

☐ 價格偏高 ☐ 其他 ＿＿＿＿＿

您對我們的建議：

＿＿＿＿＿＿＿＿＿＿＿＿＿＿＿＿＿＿＿＿＿＿＿＿